KB117965

마시는 사이

마시는 사이

이현수 에세이

콜라주

원고를 털고 어디로 놀러 갈까 궁리하고 있을 때 출판사에서 메일이 왔다.

'작가님이 지금껏 해오신 일을 설명해주는 프롤로그가 있으면 좋겠어요.'

음. 공항에서 입국신고서를 쓸 때 늘 고민한다. 직업, 뭐라고 써야 할지 모르겠는데, 이게 그냥 그 한마디로 나를 규정짓는 것 같아서다. 매체에 기고하고 크레디트를 쓸 때도 그렇다. 이현수, 그리고 뭐라고 덧붙여야 하지. 이것이 누군가가 나를 부르는 호칭과 연결된 것이라면 난 기자이고 편집장이고 작가이고 선생이고… 또 이 중 그 무엇도 아니다. 나는 가끔 '이현수, 어젯밤에 술 세 병 마시고 머리 깨지는 사람'이라든지 '이현수,

당장 눕고만 싶은 사람' 뭐 그런 말을 쓰고 싶다. 그 순간 제일 중요한 말.

오랫동안 누군가의 후배, 선배, 그에 따른 부수적인 직함으로 살았다. 일을 떠나선 살 수 없을 것 같아서 일만 한 시간이 꽤 길다. 점 보는 것을 좋아해 한때는 점집을 무수히 들락거렸는데, 만신님한테 매번 제일 먼저 묻는 게 "저 몇 살까지 일하나요?"였다. 그럴 때 돌아오는 (귀)신적인 대답은 이랬다.

"평생 일할 팔자야!"

보통은 이 말에 한숨을 쉰다는데 그때의 나는 두 주먹 불끈 쥐고 기뻐했다. 하지만 지금의 나는 이게 정확히 무엇을 의미하는지 안다. 평생 몸도 맘도 편히는 못 살 거야. 그러니까 멍청아, '평생 놀고먹을 팔자야!'란 말을 들었어야지.

나는 꾸역꾸역, 늘 뭔가를 했다. 대학 때 국문과를 선택한 건 많이들 내게 묻듯 어려서부터 글에 무슨 특별한 재능이 있어 글짓기 대회에서 상 타고 어쩌고 해서는 아니었다(동화 구연 대회처럼 입을 털어 상 받은 적은 더러 있어도 글로 상 받은 적은 별로 없다. 대학 동기들이 소설가나 시인의 꿈을 안고 진학했다고 해서 난 너무 놀랐고, 조용히 찌그러졌다). 그저 기자나 방송작가처럼 글을 써먹는 '일'을 하고 싶은데 국문과가 도움이 될까 싶었다(결론은? 그다지 도움 안 됨. 학교를 제대로 다녔어야 말이지).

정말로 나는 빨리 일을 하고 싶었다. 중·고·대학 내내 공부하는 게, 학교 다니는 게 너무 싫어서 졸업만 기다렸다. 빨리 취직하자, 빨리 일하자, 빨리 돈 벌자…. 엄마는 입버릇처럼 내게 말했다.

"넌 젊은 애가 왜 이렇게 만날 돈, 돈 하니!"

빨리 돈을 벌고 싶다는 생각이 얼마나 컸냐면, 중학교 3학년 때 일반 고등학교 대신 미성년자가 합법적으로 취직할 수 있는 상업고등학교를 1지망으로 써냈을 정도다. 날 인문계 고등학교에 보내고 싶었던 선생님이 결국 엄마를 학교로 불러 내 마음을 바꾸도록 설득했다. 고3 때 집이 망하자 마음이 더 급해졌다. 마루에서 들들거리는 미싱 소리를 들으며 빨리 돈을 벌어야겠다는 생각밖에 없었다. 돌이켜보면 초등학교 때도 동네를 돌아다니며 빈 병을 모아 가게에서 돈으로 바꾸거나 이상한 걸 만들어 팔았고, 고등학교 때는 동네 애들 상대로 영어를 가르치기도 했기 때문에 경제적 자립을 하는 것에 대해 '겁대가리'가 없었다. 대학 때도 동기들에게 대리출석 맡기고 아르바이트에 몰두했고, 끝내는 졸업 전부터 직장에 다니기 시작했다.

처음 시작한 것은 KBS 구성작가 일이었다. 그게 뭔지 모르지만 일단 닥치는 대로 하다 보니 MBC 작가 일로 이어졌고,

그걸 계기로 방송 잡지 기자가 됐다. 글을 쓰는 건 재밌는데 쓰고 싶은 글을 쓰는 건 또 다른 문제였다. 방송에 대한 글보다는 어려서부터 좋아하던 영화 관련 글을 쓰고 싶었다. 나에게도 할리우드 키드의 생이 있었던 탓에 어려서부터 영화에 미쳐 흔한 일기 대신 배우나 영화에 대한 기사(는 아니고 '이번 주 인기 배우 1위는 〈ET〉의 드루 배리모어가 차지했다' 따위)를 썼고, 대학 때 영화 모임도 했던 터라 어떻게든 이걸로 밥 벌어먹고 싶었다.

그러던 중 프랑스 영화 잡지 〈프리미어PREMIERE〉가 한국에서도 창간됐고, 드디어 나는 영화 전문 기자가 됐다. 당시가 일로는 내게 최고의 시간이었다. 하고 싶은 일을 하는데 돈도 줘! 매일이 즐거웠다. 잠시도 쉬지 않았다. '열심히 살자'가 인생의 목표인 것처럼 과하게 열심이었다. 선후배들은 중간중간 일을 내려놓고 뉴욕이나 파리, 도쿄 같은 곳에 재충전하러 가서 1년씩 있다 오기도 했지만, 나는 오늘보다 당장 닥칠 내일에 조급증이 나고 일과 돈에 눈이 멀어 부러움을 억지로 가라앉혔다. 그러는 사이 기자에서 편집장이 됐고, 주간지 〈필름 2.0〉을 창간하고 편집장을 맡았다. 부수적으로 영화 제작과 배급 일에 관여하면서 기자 외의 꿈이었던 서점, 카페, 음반 가게, 인디영화 상영관 등을 갖춘 복합문화공간 일도 했다.

나중에는 내가 내고 싶은 책이 있어 출판 쪽을 기웃거리다가 100여 권의 단행본도 냈다. 고양이 책은 한국에선 안 되니까 내지 말라며 모두가 말렸던 피터 게더스의 노튼 3부작『파리에 간 고양이』『프로방스에 간 고양이』『마지막 여행을 떠난 고양이』, 퀴어는 아직 한국에서 시기상조라며 반대했던 애니 프루의『브로크백 마운틴』, 읽기 어렵다고 말렸던 이언 매큐언 초기 3부작『암스테르담』『이런 사랑』『첫사랑, 마지막 의식』, 지금도 정말 좋아하는 필립 클로델의『회색 영혼』『무슈 린의 아기』와 닉 혼비의『하이 피델리티』『언 애듀케이션』『닉 혼비의 노래들』, 이제 너무 잘나가서 감히 넘볼 수 없는 이케이도 준의 초기작『은행원 니시키 씨의 행방』『하늘을 나는 타이어』등등, 척박한 시장에서 다 열심히 만들고 열심히 알리고 열심히 팔았다.

'그동안 만났던 사람 중 누가 제일 유명한가'라는 질문을 종종 받는데, 그건 물어보는 사람이 내게 어떤 것을 원하는가에 따라 답이 다르다. 영화 잡지를 하며 영화배우·감독·제작자 등을 무수히 만나고 칸 같은 영화제에도 갔으니 영화에 관심이 많은 사람에게는 이런 에피소드를 들려준다. 애플에 관심 있는 사람에게는 스티브 잡스 인터뷰한 얘기를, 미래우주과학에 푹 빠진 친구에게는 스티븐 호킹 만난 얘기를 한다. 정말로 누가 제일 좋았냐고 물으면 또 대답이 달라질 것이지만 그들에 대해 궁금해할 사람은 별로 없다는 것도 안다.

『여자 둘이 살고 있습니다』를 쓴 황선우와 김하나가 농담처럼 하던 얘기가 있다.

"선배가 하지 않은 일은 무엇인가! 찾기 게임을 해야 해!"

정말 잡스럽게 이것저것 욕심부리며 많이 하고 사람도 많이 만났다.

며칠 전 집에 놀러 온 몬이와 빅터가 술을 마시다가 이런 말을 했다.

"근데 누나, 난 누나를 뉴욕에서 처음 만났을 때 잘 이해가 안 됐어. 저 사람이 뭐가 아쉬워서 다 버리고 미국에 왔을까. 커리어를 다 팽개칠 만큼 미국에 오고 싶어 한 이유가 뭘까."

이 말을 듣는 순간 좀 민망했다. 아니 뭐 나 스스로 팽개친 건 아니고… 내팽개쳐졌기 때문이다. 열심밖에 모르던 내가 하루아침에 일과 돈과 사람과, 내게 소중했던 것들로부터 버려졌다. 지금도 떠올리기조차 고통스러운 일이다. 어느 날 전철을 타고 가는데 전철이 당산철교를 건너기 시작했다. 밑이 뻥 뚫린 다리 아래 한강이 흐르고 있었다. 정말, 아주 정말 순간적으로 못된 생각이 들었다. 그동안 한 번도 해보지 않은 생각이었다. 너 진짜 별거 아니구나.

9

나는 거의 두 달 동안 집에 틀어박혀 아무것도 하지 않았다. 열두 권짜리 만화를 온종일 보고 또 보면서 기계적으로 하루를 보내는 것 빼고는 모든 생각을 차단하고 누구도 만나지 않았다. 라면 봉지만 쌓여갔다. 이런 나를 걱정하던 강하가 집에 생선을 구워 들고 찾아오면 그걸 먹으며 술을 마셨다.

어떻게든 되겠지. 그냥 오늘만 살자, 오늘만. 그런 생각이 들기까지 시간이 좀 걸렸다. '내일'만 생각하며 살아온 내가 '오늘'을 살게 된 계기는 우울하지만, 결과적으로 이것이 나를 달라지게 했고 살게 했다.

우연히 뉴욕 브루클린에 머물게 된 것은 내 인생에서 가장 큰 축복이다. 그곳에서 고양이 임시보호를 하면서 알게 된 카하나 가족이 있다. 부부가 하와이에서 차를 몰던 중 내비게이션에서 '카하나 스트리트에서 우회전'이란 말이 나왔는데, 당시엔 무슨 뜻인지도 몰랐지만 운명처럼 그 말이 박혔고 그래서 아이가 태어나자 이름을 카하나로 지었다고 했다. 카하나는 하와이 말로 '터닝 포인트'라는 뜻이다. 그들에게 딸 카하나가 인생의 터닝 포인트라면, 내게는 브루클린이 카하나다. 어디에도 속하지 못했을 때 운명처럼 이끌려 간 곳.

그게 브루클린이어서가 아니다. 내 인생의 터닝 포인트가 되게 한 사람들을 안겨준 곳이기 때문이다. 혼자 있고 싶다고 발

버둥쳐도 헛소리라며 귓등으로도 안 듣고 날 내버려 두지 않는 사람들. 그냥 친구라고 하기에는 모자란, 더 애틋한 사람들. 친구와 가족 사이의 무엇.

사람에게 상처받은 이를 구하는 건 결국 사람이다("무슨 헛소리야, 돈이지!"라는 마일로의 목소리가 들리는 듯하다). 이 책은 그 사람들에 대한 이야기다. 요즘 입버릇처럼 '오래 살고 볼 일이야'라는 말을 하곤 하는데 정말 그렇다. 인생은 지겹도록 길고, 그러다 보니 상상도 못 했던 삶이 또 주어지더라고.

그런 얘기를 시작한다. 내가 치유되어가는 과정이나 역경 극복기가 아니라 그때 내 옆에 있던 사람들에 대한 두서없는 이야기 나열 같은 것이다. 그러니 여기에 등장하는 친구들의 이름을 기억하거나 어떤 사람인지 궁금해할 필요는 없다. 그냥 내가 좋아하는 사람들에 대한 이야기를 단편소설처럼 읽어주면 좋겠다. 가능하면 술 한잔 옆에 놓고.

차례

나잇값

사회생활을 시작한 이후 몇십 년 동안 끊임없이 들어온, '몇 살이에요?' '결혼했어요?' '아이는 있어요?' 이 3연타 질문을 정말 끔찍이 싫어했다. 아니, 싫어한다 지금도. 예의 바르게 대답은 하지만 여전히 쓸데없고 무례한 질문이라고 생각하며, 대체 이걸 왜 그렇게 궁금해하는지 잘 이해하지 못한다. 특히 대답을 꺼린다는 눈치를 채고도 집요하게 물어보는 사람들에 대해선 편견을 갖고 있고, 그들에게는 마음을 완전히 열지 못한다.

한국에서는, 그래, 어떤 범주 내에 살았던 누군가에겐 중요한 일일 것이다. 위계질서와 존댓말의 사회, 사생활 침범이 어느 정도는 친밀함으로 작용하고 '악의는 없었어'로 퉁쳐지는 문화니까. 또 어쩌면 이건 '내가 깠으니 너도 까자'라는 공감

강요에 기인한 것인지도 모르겠다.

얼마 전 누군가가 트위터에다 1년에 얼마 버는지를 집요하게 물어보는 친한 후배에 대해 올린 글을 본 적이 있다. 선배는 이게 왜 궁금한지 이해하지 못하고, 후배는 자기가 얼마 버는지 다 아는 선배가 정작 그의 수입은 비밀로 하는 걸 이해하지 못하는 듯했다. 이처럼 마음은 가깝지만 평생 공감을 위한 타협점은 찾지 못할 관계도 존재한다.

그런데 말입니다…. 뉴욕에선 말하지 않으면 무슨 대단한 비밀처럼 유난스러운 일이 되거나 관계를 좁히는 데 비협조적 태도로 비치는 이 사적인 질문들에 시달릴 일이 없었다. 묻지 않으니까! 새로운 사람을 만나면 으레 내 태도는 이에 대한 답을 준비(경계?)하고 있었는데 안 물어봐! 나이 얼추 먹은 여자가 새파랗게 어린, 거의 자식뻘 되는 친구들 사이에 끼어 다시 공부를 하겠다고 앉아 있으면 궁금해할 법도 한데, 묻지 않는다. 아는 사람의 아는 사람의 아는 사람 식으로 지인의 경계를 넓혀가는 와중에도 이런 질문은 없었다. 안심이 되는 한편으로 이상한 기분이었다.

낯선 사회에서 이런 질문을 별로 받지 않으리란 건 대충 짐작하고 있었다. 무관심에 기인한 것일 수도 있다. 이곳은 개인주의 사회이고 사적인 영역을 중시하는 문화의 나라니까. 하지만 '상대방에게 이런 질문을 하는 건 무례한 일'이라고 학습되어 '교오양인'이 되고 싶어서이기도 하다. 그들도 사실은 궁금해한다, 하하하.

이렇게 말하니 우리와 피부색이 다른 사람들이나 다른 문화에서 자라온 사람들만 그러리라고 생각할지 모르지만, 성인이 되어 한국에서 뉴욕으로 건너간 "웨어 알 유 프롬?"에 "코리아"라 답할 사람들도 그랬다. 그리고 그들이 지금 내 친구들이다.

나이를 버리니 친구의 스펙트럼이 넓어졌다. 나보다 훨씬 오래전에 보스턴으로 건너간 후배가 한동네 할머니와 친구가 된 얘기를 한 적이 있다. 일주일에 꽤 여러 번, 할머니와 집에서 차를 마시며 별별 수다를 다 떤다고 했다. 불행히도 나는 뉴욕에서 위로 나이 차이 많이 나는 할머니 친구를 얻지는 못했지만(아이스크림 가게에서 자리에 앉다가 잠시 몸을 스치는 순간 미안하다고 하기도 전에 '이 눈 째지고 둔한 여자야, 너희 나라로 꺼져!'라는 눈빛을 날리던 할머니랑은 친구 못 하지), 아래로는 몇십 살 차이 나는 친구도 있다.

가장 나이 차이가 많이 나는 친구 이뿜뿜에게 나라는 사람은 '7세 인생'의 베프다. 뿜이가 태어나고 8개월째인가 그 아이와 처음으로 둘만 있는 순간이 왔을 때, 뿜이가 뿔뿔 기어와 내 술잔에 손을 뻗어 엎어뜨리려 할 때, 나는 이 아이가 내 최고의 친구가 되리라는 것을 알았다. 뿜이는 이때의 실패를 곱씹었다가 입이 터진 후에 내게 "이모! 술 먹지 마! 바보 돼!" 또는 "이모는 해적이야! 술을 좋아하니까!"라고 복수하곤 했다. 물론 8세 인생이 되면 뿜이에게 다른 베프가 생길 수도 있겠지만, 지금까지는 나만 한 베프가 없다고 자신한다.

서로 인생 베프이자 원수라고 떠들고 다니는 마일로는 내가 대학 입시로 빡빡 기고 있을 때 걷지도 못하고 바닥을 기어 다녔을 정도로 다른 세대지만, 싸울 때만큼은 서로 머리카락 다 뽑아버릴 만큼 파이팅이 넘친다. 나를 '엄마'라고 부르는, 사실 가임기를 생각하면 그만한 딸 하나쯤은 가졌을 법한 나이의 견가와는 오늘도 햄버거를 씹으며 평소 즐기는 헛소리를 시전했다. 거의 매일 붙어 지내다가 어느 날 홀쩍 뉴욕을 떠난 몬이는 그 후 내가 일부러 연락 없이 한국에 가서 "서프라이즈!" 하고 나타날 때마다 눈물을 보였다. 그리고 신과는⋯ 결국 내 인생에서 가장 슬픈 순간을 함께했다.

친구들 나이가 하도 헷갈려 머릿속으로 71-73-74-76-77-78-79-80-82-85-87-88-90⋯ 줄을 세우다가 포기했다. 백 번 줄 세워본들 누가 몇 년생인지 기억하지 못할 것이고, 무엇보다 우리를 둘러싼 세계에서는 나이가 중요하지 않다.

몇 년생인지 궁금해하고 '빠른'인지 '늦은'인지 '만 나이'인지 따지는 순간부터 우리 앞의 많은 문이 닫혀버릴지도 모른다. 1988년생 몬이 실제로 나를 친구로 생각하지 않을 수도 있지만(이모니?) 작년 자기 생일 파티에 나를 불러서 "요즘 하고 다니는 팔찌가 어째 옛날보다 너무 순한 맛이 됐다? 다시 요란 빽적으로 돌아와! 재미없어!"라고 혼내는 건 어쩜 안심되는 일이다. 이 친구들과 가끔 핏대를 올리며 싸우거나 울면서 화해하거나 서운해 죽다가 미워서 죽이고 싶다가도, 낯설고 좁아터진 방에서 쥐나 바퀴벌레를 잡을지언정 어떻게든 버티는 서로가 애틋하고 안쓰러워서 못 견디는 그런 것. 친구인지 가족인지 무슨 형태인지 정확히 규정할 수도 없고 규정할 필요도 없는 사람들. 이상하게 우리 사이엔 늘 술이 있다.

해피 뉴 이어

누구에게나 명절을 좋아했다가 싫어하게 되는 때가 닥친다. 명절 좋아하는 시기라고 해봤자 차례상에 올리는 전을 옆에서 몰래 집어 먹어도 눈감아주는 어린 시절 정도일 것이고, 성인에게 명절이란 갖가지 이유로 스트레스 유발하는 날일 뿐이다.

그렇다면 뉴욕에서 혼자만의 명절을 보내게 됐을 때 해방감에 좋아 미쳐야 할 텐데, 인간이란 간사하게도 그렇지 못하다. 당연히 가족은 옆에 없었고 아직 친구도 만들지 못해 홀로 보내야 했는데, 한국에서 이 핑계 저 핑계로 명절 모임에 끼지 않고 혼자 집에 있던 것과는 뭔가 달랐다. 낯선 곳이라서인가. 다음 날 끓일 떡국 재료를 정리하다가 갑자기 '혼자다'라는 느낌이 훅 들었다. 혼자이길 원했지만 혼자이고 싶지 않았다.

그렇다면 나는 사람이 가장 많은 곳으로 가겠다. 12월 31일, 뉴욕 어디에나 사람이 넘칠 것 같지만 의외로 그렇지 않다. 12월 25일 크리스마스에 식당 밥 믿다가 굶어 죽기 딱인 것과 비슷하다. 그날은 상업 공간은 대부분 문을 닫고 사람들이 집에서 보내기 때문이다.

그래서 내가 택한 곳은 타임스 스퀘어였다. 타임스 스퀘어, 뉴욕에 사는 사람들이 제일 혐오하는 곳. 관광객들이 아무 데서나 멈춰 서서 길을 막고 사진 찍고, 변태처럼 생긴 미키마우스 인형 탈을 뒤집어쓴 사람들이 관광객에게 삥을 뜯고, 소매치기들이 번쩍거리는 전광판에 넋을 잃은 사람들의 지갑을 털고, "미국에선 어깨빵 하면 큰일 난다. '익스큐즈 미'를 입에 달고 살아라" 따위의 말은 통용되지 않는 곳. 다 알면서도 그곳에 가겠다고 생각한 것은 TV에서 보던 볼 드롭Ball Drop 행사 때문이었다.

매년 12월 31일, 타임스 스퀘어에서는 그해를 보내고 새해를 맞으며 카운트다운을 하고 공을 떨어뜨리는 행사를 한다. 일테면 보신각 타종 행사 같은 것이라고나 할까. 미국 전역에 생중계되는 이 행사에선 유명 가수들이 초청받아 공연을 하는데, 최근엔 싸이와 BTS도 이 무대에 선 적이 있다. 사실 그전엔 이 카운트다운의 현장에 가고 싶은 생각이 1도 없었다. 한국

못지않은 뉴욕의 추위 속에 길바닥에서 몇 시간이고 기다리는 건 미친 짓이다. 게다가 연애 시절 보신각 타종을 핑계로 심야 데이트 좀 해보겠다고 종로에 나갔다가 어마어마한 인파에 종각 근처에는 가보지도 못하고 이리저리 떠밀리다가 쓸쓸히 돌아온 기억이 있는 나로서는 혼자 타임스 스퀘어에서 새해를 맞겠다는 건 너무 바보 같은 계획이었다.

근데 그때 뭐에 홀렸는지, 보통의 바보가 궁극의 바보 계획을 세웠다. 타임스 스퀘어 근처에 당시 가끔 가던 일본 라면집이 있었는데 낮에 타임스 스퀘어 쪽 극장에서 영화를 한 편 때리고 라면을 한 그릇 먹은 뒤 사람들에 합류해 볼 드롭을 기다리자 후훗, 이런 거였다.

기세등등하게 42번가 전철역에서 내려 AMC 극장으로 향하는데, 아아, 그날은 아예 근처 극장이고 뭐고 다 닫고 이미 대낮부터 통제가 시작되고 있었다. 그래, 너의 잔머리를 간파한 큰 머리가 왜 없겠니. 저 바리케이드를 넘어서는 순간 거의 열 시간 동안 굶으며 화장실도 못 가고 옴짝달싹 못 하는 신세가 되는 거다, 이 멍청아….

얼마 안 가 방광 터져 죽을 수도 있다는 건 생각지도 못한 채 신나서 타임스 스퀘어로 밀려가는 사람들을 등지고 터덜터덜 집으로 돌아가던 나는 뭔가 억울한 심정이 들어 근처 라면집으로 향했다. 다행히 그 집은 문을 열고 불쌍한 내게 미소라면과 교자와 생맥주를 베풀었다.

이제 어쩐다…. 교자와 맥주를 번갈아 입에 넣으며 궁리한다. 그래 내가 오늘 나온 이유는 영화를 보기 위해서였어, 카운트다운이 아니라. 카운트다운 계획은 마치 처음부터 없었다는 듯 갑자기 '스노비시snobbish' 피플 코스프레를 하며 그리니치 빌리지로 향한다.

뉴욕의 스노비시 부자 동네 중 하나인 웨스트 빌리지(쉽게 비유하자면 〈섹스 앤 더 시티〉의 캐리네 동네) 가기 직전 뉴욕대학교(유치하게 말하자면 이서진이 나온)와 슬쩍 맞물려 있는 그리니치 빌리지는 어쩌면 뉴욕에서 가장 자유롭고 앞서가는 동네일 것이다. 힙한 카페나 레스토랑이 많단 얘기가 아니다. 미국 보헤미안 컬처의 수도라고 불리는 이곳은 LGBTQ(성적 소수자) 운동의 시발점이었던 스톤월Stonewall(1969년 미국의 동성애 반대가 합법화되자 뉴욕 그리니치 빌리지에 있는 스톤월 인 클럽에서 반대운동이 시작되었고 이것이 항쟁의 시발점이 됐다) 항쟁의 그 스톤월이 있는 동네이고, 블루노트·스몰스처럼 전통 깊은 재즈바나 빌리지 뱅가드 같은 공연장, 오프 브로드웨이 극장들을 담고 있는 곳이다. 밥 딜런, 조니 미첼, 지미 헨드릭스, 칼리 사이먼, 바브라 스트라이샌드 등 이곳을 거쳐 간 위대한 이름들은 끝도 없다.

그곳의 극장 중 하나인 IFC 센터는 지금은 컬트영화의 바이블이라 할 〈록키 호러 픽쳐 쇼〉를 초기 몇 년 동안 심야 상영해 유명해진 아트영화의 산실로, 언제 가도 뭐든 하나는 건져갈 수 있는 곳이다. 마침 한 해의 마지막 날답게 IFC에서는 〈피나 Pina〉를 상영하고 있었다. 얼마나 멋진가, 피나 바우슈의 춤으로 그해를 마무리한다는 것은.

〈피나〉는 빔 벤더스가 제작한 독일의 현대무용가 피나 바우슈에 관한 다큐멘터리다. 그저 '무용'이라고 말할 수 없는 그 이상의 영역, 이전까지 무용에 대한 인식을 완전히 바꿔버린 혁명가로서 피나 바우슈의 세계를 제대로 필름에 담기 위해 벤더스는 3D를 택한다. 하지만 그는 오래 기획한 그 작품의 제작에 돌입하기도 전에 피나 바우슈의 죽음을 접한다. 암 선고를 받은 지 5일밖에 지나지 않은 날이었다. 오랜 절친이었던 벤더스는 결국 피나의 대표적인 네 작품과 그의 생애를 둘러싼 주변의 이야기들로 다큐멘터리 〈피나〉를 채워 피나에게 '헌정'한다.

작은 극장 앞쪽 자리에 늪듯이 기대앉아, 지금은 회색의 기억으로 나를 지배하는 독일 부퍼탈의 풍경 속 피나의 강렬한 춤과 전복적인 무용가로서 또 여성으로서 그가 부딪치고 이겨내야 했던 세상을 본다. 마일로는 가끔 내게 '팔자 사나워질 것 같은 공연은 보지 말라'고 하는데 이거야말로 그 극치라, 나지막하고 어둡고 거칠고 강렬한 이 다큐멘터리에 난 가슴이 터질 것 같았다. 한 해를 조용히 정리한다며?

진정되지 않는 가슴으로 극장을 나섰다. 몇 시간만 지나면 해가 바뀔 것이지만 이대로 집에 돌아갈 순 없었다. 얼어 죽을 것 같은 밤, 피나의 춤에 미친 여자는 그 길로 근처 워싱턴 스퀘어 파크에 가서 춤을 췄다. 남들이 보면 관광버스 춤이겠지만 내 춤을 내가 보지 못하니 됐다. 다행히 공원에는 나 말고도 춤을 추는 사람들이 있었다. 행인들의 시선은 그쪽으로 돌리고 ('빼앗기고'가 아님) 나는 흥얼흥얼, 차이나타운에서 산 5달러짜리 이어폰이 들려주는 음악에 따라 움찔움찔 몸을 움직였다.

유니언 스퀘어까지 걸어가서 전철 타고 집에 가자. 그렇게 또 30분을 걸었다. 유니언 스퀘어 리갈 극장을 지나치는데 포스터 하나가 눈에 들어왔다. 〈엄청나게 시끄럽고 믿을 수 없게 가까운Extremely Loud and Incredibly Close〉이었다. 조너선 새프런 포어의 그 유명한 원작으로 톰 행크스, 샌드라 불럭 등이 출연한 영화다. 이 영화와 나의 특별하고 억지스러운 인연을 떠올린다. 뉴욕에 오고 처음 브루클린 그린포인트라는 곳에서 살 때, 장을 보러 나갔는데 집 바로 뒷길에 사진과 꽃들이 죽 놓여 있었다. 9·11 실종자와 희생자를 상징하는 듯한 영화 세트였다.

저만치에는 거대한 촬영·분장 트럭이 서 있고, 기둥에는 〈엄청나게 시끄럽고 믿을 수 없게 가까운〉의 촬영 안내문이 붙어 있었다. 동네 사람들이 수군거렸다.

"샌드라 불럭이 왔대!"

저녁 장은 잊고 덜덜 떨며 샌드라 불럭이 자기 트레일러 문을 열고 나오길 기다렸다. 하지만 그를 보기 전에 동상 걸려 발가락이 잘릴 것 같아 결국 눈물을 머금고 포기했다. 칸 영화제에서 이미 만난 적이 있는데 대체 왜…. 그땐 일이었고 지금은 팬심이니까…?

또 하나의 인연, 오래전 내가 번역하고 출간한 『픽션−작은 나라와 겁나 소심한 아버지와 한심한 도적과 자식보다 고양이를 좋아하는 엄마와 아이를 두고 페루로 가버린 부모와 세상에서 제일 맛있는 새와 위험하지 않은 대결과 이상한 휴대전화와 당신이 모르는 뉴욕의 비밀』이라는 엄청나게 긴 제목의 소설집(원제가 그렇게 길어서 앞에 '픽션'이라는 묶음 제목을 붙였다)에는 닉 혼비, 닐 게이먼 등의 기묘한 이야기들과 함께 조너선 새프런 포어의 「여섯 번째 마을」이라는 단편이 실려 있다. 맨해튼, 브루클린, 퀸스, 브롱크스, 스태튼 아일랜드 이렇게 다섯 개 자치구borough로 이뤄진 뉴욕이 이전엔 여섯 개 구였으며 자꾸만 여섯 번째 구가 뉴욕과 멀어지려 해서 떠나보낸단 이야기로, 장편 『엄청나게 시끄럽고 믿을 수 없게 가까운』의 한 부분이기도 하다. 6구에 있는 친구와 지금 뉴욕에 있는 친구는 다시는 만나지 못할 것을 느끼며 실로 연결된 전화로 서로의 안부를 묻는다. 6구는 알 수 없는 곳으로 멀리 떠내려갔고, 훗날 사람들은 센트럴파크에서 6구의 흔적을 찾을 수 있을 뿐이다. 『픽션』의 맨 마지막 장인 「여섯 번째 마을」을 번역하면서 좀 울었다. 그리고 이 영화가 나온 2011년 9월, 911 메모리얼 911 Memorial이 문을 열었을 때, 쌍둥이빌딩의 빈자리를 대신한 두 개의 풀pool에서 눈물처럼 쏟아지는 거대한 물줄기와 그 물을 조용히 받아들이고 있는 구멍과 풀을 빙 둘러 새겨진 2,977명의 이름과 생일을 맞은 이의 이름에 꽂힌 꽃들을 보고 또 울었다.

밤 10시 50분. 마지막 회 표를 끊고 극장으로 들어갔다. 너덧 명이 띄엄띄엄 앉아 있었다. 어머, 그럼 제가 댁들과 새해를 맞는 건가요? 샴페인이라도 사다가 나눠 마셔야 하나? 혹시 12시가 되면 영화가 잠깐 중단되며 모두 '해피 뉴 이어'를 외치는 건가? 두근두근하는 사이 영화는 시작됐고, 휘몰아치게 울리는 주인공 오스카 때문에 정신 못 차리다 시계를 보니 이미 12시가 지나 있었다. 다섯 명의 관객 여러분 2012년 새해가 밝았어요, 흑흑, 끅끅. 하지만 일단 콧물을 삼키며 영화나 마저

봅시다….

　그렇게 내 인생에서 제일 엄청나게 길고 바쁘고 믿을 수 없게 쓸쓸하고 외로운 연말 밤이 지나갔다. 그리고 이후에는 또 다른 의미로 엄청나게 바쁜 새해들이 시작됐다. 만두를 빚거나, 양지를 삶거나 멸치와 디포리 국물을 내서 떡국을 끓이고, 고기나 생선전보다 쉬운 김치부침개를 부치고, 카운트다운 직전 공연에 맞춰 춤을 추고, "텐, 나인, 에이트, 세븐, 식스, 파이브, 포, 쓰리, 투, 원, 해피 뉴 이어! 새해 복 많이 받아!"라고 외치며 건배하고 서로를 안아주는 '가족'이 생겼으니까.

모든 것은 갈비탕에서 시작됐다

어느 날 마일로가 물었다.

"근데 선우 선배랑 김하나 작가는 어떻게 만났대?"

『여자 둘이 살고 있습니다』를 내기 이전 황선우가 〈W〉 매거진 기자였을 때 어시스트로 일했던 마일로는 선우를 유독 좋아했고, 마일로와 내가 알게 된 이후 우린 종종 진정한 '멋언니' 선우를 공유하며 이야기를 나누곤 했다.

"아마 트위터로 알게 됐을걸?"

"뭐어? 으하하하 트위터? 트위터로 만났는데 그런 사이(동거인이자 가장 가까운 사람이자 가족이 되어 『여자 둘이 살고 있습니다』를 쓰고 최고의 동반자가 된 사이)가 됐단 말이야?"

나는 마일로를 물끄러미 쳐다봤다. 마일로는 계속 어이없다는 듯 낄낄대며 웃고 있었다.

"얘…, 우리도 트위터로 만났어."

마일로가 웃음을 뚝 그쳤다.

"엇! 그, 그, 그러네…."

여러분, 여기서 트위터 12년 고인 물이 영업 들어가겠습니다. 트위터는 가족이 되어줄 인생 베프를 만드는 데 최적화된 SNS입니다. 황선우와 김하나가, 저와 마일로가 증명합니다.

추석을 앞둔 어느 날이었다. 전화번호와 이메일을 바꾸면서 한국과의 인연을 끊어내고 카톡도 안 만들고 페이스북이나 인스타그램도 안 하던 시절, 익명 뒤에 숨어 트위터나 좀 끄적이다가 뉴욕에서 고양이 세 마리를 키우는 클로봉을 알게 됐다 (그의 첫째 고양이 이름이 클로이). 아트계를 동경하는 문과생인 나는 '인터내셔널 아티스트 레지던시'라는 어마어마한 이름의 기관에서 일하는 아름답고 멋진 클로봉에게 은근슬쩍 계속 말을 걸었다. 트위터라는 특성상 우리 대화를 팔로워들이 들을 수 있고, 몇이 이 대화에 끼어들기 시작하면 갑자기 미친 수다방이 된다. 과거에 그랬단 얘기다. 지금은 말을 걸 때 '초멘 죄송합니다'로 시작하는 등 트위터 비공식 예의 법칙도 있고 좀 주장이 강한 공식적 트윗 위주로 돌아가지만, 예전엔 헛소리 찍찍으로도 충분히 트위터가 즐거웠다. 클로봉과 나누는 얘기가 꼬리에 꼬리를 물고 뉴욕에 있는 여러 명의 대화로 확산되곤 했는데, 그중 하나가 마일로였다.

처음 나눈 얘기는 뭔지 잘 모르겠고(보나 마나 헛소리) 기억나는 건 이거다. 어느 날 마일로가 파리인지 뉴욕인지 패션위크 프런트로Front Row 사진을 트위터에 올렸는데 어랏, 예전에 같이 일하던 친구들이 보이는 것 아닌가. 반가운 마음에 내가 '엇 황 모 씨와 전 모 씨 아닙니까 ㅋㅋ'라고 썼고 마일로가 '아니, 그분들을 어떻게 아시죠?'로 받았던 것 같다.

그러다가 클로봉을 중심으로 갈비탕 얘기가 나왔고('갈비탕 먹고 싶다' '나도' '나도' '나도' '나도'), 이렇게 갈비탕을 트위터로만 그리워할 게 아니라 다 같이 만나 갈비탕을 먹으며 추석을 맞이하자로 이어졌다. 그리고 지금은 불명예를 안고 사라진 한인타운 금강산에서 갈비탕을 그리워하는 트위터리안 다섯이 첫 대면식을 가졌다.

모든 만남에는 '처음'이 있다. 내 세대에게 친구와의 첫 만남이란 동네 이웃이거나 학교 동창이거나 직장 동료거나 하여튼 실제로 얼굴을 마주하는 순간이라, 가상의 공간에서 만나 실제로 가깝게 이어지는 것을 잘 상상하지 못했다. 그런데 이 만남은 나의 많은 것을 바꿔놓았다. 이후 수많은 만남이 이런 식으로 이뤄졌고 좋은 사람이 곁에 많이 생긴 걸 보면, 무언가 소중한 것을 얻기 위해서라면 내게 주어진 모든 것에 두려움 없이 문을 열어둬야 하는 것 같다. 누가 언제 어떻게 내게 올지 모르니까.

그러고 나서 온종일 수업이 있던 어느 날 마일로에게 연락이 왔다. 아, 그전에 수업이 뭔지 얘기를 하자면…. 이 만남이 이뤄진 시기에 우리는 각자 새로운 공부를 시작했던 터였다. 마일로는 LA에서 뉴욕에 있는 인테리어 디자인 대학으로 옮겼고, 대학을 졸업한 지 수십 년이 흐른 나는 뉴욕에 와서 얼결에 미대생이 됐다. 응? 미대? 문과충이 뜬금없이 웬 미대? 이 얘기는 나중에 다시 하기로 하고, 하여튼 마일로가 내게 어디냐고 물었다.

"학굔데요…?"

"아, 그럼 1층으로 좀 내려와 봐요."(그때는 존댓말을 쓰던 사이.)

뭔 일인가 싶어 내려가니 마일로가 길에 어정쩡하게 서 있었다.

"무슨 일 있어요?"

"아니 그냥…. 저기 이거…."

내게 뭔가를 내밀었다.

"라뒤레 마카롱요."

이게 남녀 '관계'의 얘기라면 꺄아아악이든 우웨에에엑이든 비명 지를 법도 하지만, 다 떠나 절친의 시작점으로 갈비탕에서 마카롱으로의 연결은 아주 성공적이었다. 이제 와 얘기지만 나는 마카롱을 그다지 좋아하지 않았다. 속이 울렁거리게 달아! 나중에, 어퍼 이스트 사이드에 있는 마일로 학교 근처에 라듀레 매장이 있다는 사실, 내가 그전까지 먹었던 마카롱은 그냥 설탕 과자에 불과했다는 사실을 그 마카롱 덕에 알았다. 마일로가 친해지고 싶은 사람에게는 라듀레 마카롱을 선물해왔다는 것도.

우리는 몬이 같은 친구를 포함해 각자의 세계를 넓히는 동시에, 술과 비밀과 속내를 공유하며 두 사람만이 가질 수 있는 기묘하고 끈끈한 관계를 만들어갔다. 웃기게도, 컴퓨터에 똥손인 미래의 인테리어 디자이너와 컴퓨터를 원고용 워드 이상의 기능으로 써본 적 없는 어쩌다 그래픽 디자인 전공자의 케미는 굉장했다. 전공 과제에서 서로 아무 도움을 줄 수 없어! 포토샵이 뭐죠! 일러스트레이터는! 도움도 안 되는 애들끼리 중간, 기말 때 과제를 하겠다고 모여 울면서 토론토에 있는 또 다른 트위터 친구이자 나의 컴퓨터 프로그램 과외 선생 철에게 페이스타임 SOS를 쳤고, 철에게 마일로까지 혹으로 얹으며 그렇게 함께 무사히 졸업을 맞았다. 그리고 마일로는 한국으로 돌아갔다.

언젠가 동군이 말했다.

"뉴욕살이의 거지 같은 점은 늘 누군가가 떠난다는 거지."

생각해보면 마일로와 내가 뉴욕에서 함께 보낸 시간은 2년 남짓, 그다지 길지 않다. 아무리 가깝게 지냈다고 해도 물리적 시간의 양이 적은 채로 떨어져 각자의 세계에서 살다 보면 멀어지게 마련이다. 마일로와도 그럴 수 있었지만 그러고 싶지 않았다. 마일로가 뉴욕을 떠나기 직전 내가 말했다.

"아마 지금 내가 제일 잘할 수 있는 일은 책을 만드는 걸 거야. 우리의 희한한 만남을 기록으로 남길 겸 같이 책을 내는 건 어때?"

각자 생각을 정리해 이스트 빌리지에 있는 빈즈 카페에서 만나기로 했다. 평소라면 가지 않을 후줄근한 이곳은 컴퓨터 앞에 죽치고 앉아 무엇에도 신경 쓰지 않고 자기 하고 싶은 것만 하는 동네 사람들로 늘 가득했고, 오늘의 만남이 새로운 전환점이 될 거라고 얘기해줄 것만 같은 곳이었다. 마일로가 평소와 달리 정장에 가까운 옷차림을 하고 나타났다. 나 또한 그간 마일로를 만났을 때와 달리 좀 정색하는 차림새로 앉아 있었다. 서로가 쓰고 싶은 책의 레퍼런스를 죽 꺼내 들었다. 딱 겹쳤다. 같이 깔깔 웃었다. 그렇게 『뉴욕 쇼핑 프로젝트』라는 책이 탄생했고 지금 마일로와 나의 관계가 만들어졌다.

관계. 뭐라고 정의하기 어려운 우리 관계는 싸움과 눈물과 동정과 애정으로 점철됐다. 돌이켜보면 싸움의 이유도 참 어이없다. 예를 들면 이런 식이다. 로마 여행 때 포로 로마노 앞에 있는 식당에 간 적이 있다. 한참을 걸어 죽도록 배가 고파진 저녁, 포로 로마노의 불빛을 보며 밖에서 밥을 먹는 것도 나쁘지 않겠다 싶었다.

애피타이저에서 파스타로 넘어가면서 둘은 점점 말이 없어졌다. 맛없어! 로마에선 길바닥 똥도 맛있다고 대체 누가 그랬냐! 마일로가 험악한 표정으로 말했다.

"네가 가자고 했지! 네가!"

"야! 내가 여기 와봤냐? 맛있는지 없는지 어떻게 알아!"

"시끄러워! 네가 가자고 하는 밥집은 이제 절대 안 가! 제대로 알지도 못하면서 어디서 잘난 척이야!"

"그러는 너는 왜 입 닥치고 있었는데? 아무 데나 좋다며! 싫으면 네가 정하면 될 거 아냐!"

마일로가 자리를 박차고 나가 미친 듯이 걷기 시작했다.

"야! 어디 가!"

"이대론 억울해서 호텔로 못 들어가. 내가! 내가 고른 밥집으로 가겠어!"

언덕을 한참 올라 작고 귀여운 레스토랑에 도착했다(물론 가는 내내 득음을 할 정도로 서로 소리를 질렀다). 이것저것 음식을 시켰다. 맛만 없어봐 아주. 죽여버릴 거야.

맛없어! 당첨! 내가 포크를 탁 내려놓았다. 피식 웃음이 나왔다. 마일로도 기가 막힌 듯 막 웃었다. 그리고 우리는 사이좋게 또 맛집을 찾아다녔다.

언젠가 마일로가 말했다.

"예전에 나는 시간이 빨리 지나가 버렸으면 좋겠다, 했어. 누가 우리를 놓고 '둘이 만난 지 얼마나 됐어요?'라고 묻는데, 젠장 생각해보니 몇 년 안 된 거야. 너희가 친해봤자 뭘 얼마나 친하겠냐? 그러는 것 같아서 아이 씨, 빨리 10년 돼라, 10년! 그랬거든."

그렇게 시간이 지나 올해는 우리가 친구 된 지 10년째 되는 해이고, 길고 특별한 열일곱 번째 여행을 준비 중이다.

하루만 얘기를 걸러도 할 말이 산처럼 쌓이고 그렇게 떠들어도 얘기가 마르지 않아 늘 즐겁고, 좋아 죽다가도 때리고 싶을 만큼 얄밉고, 안쓰러운 마음과 무관심해지고 싶은 마음이 왔다 갔다 하는, 끊으려 해도 끊을 수 없고 제일 잘 안다고 생각하지만 때로 전혀 이해할 수 없는 친구라면 그건 이미 가족의 범주에 들었기 때문이다. 원래 가족이란 내 인생을 망치러 온 구원자까지는 아니어도 나를 괴롭히러 온 구원자 정도는 되고, 여기서 방점은 '구원자'에 찍히는 거니까. 누구에게도 말하지 않았던 이야기를 마일로에게 털어놓는 순간, 이상하게도 나를 옭아맸던 그 일이 정말 아무것도 아닌 것처럼 느껴졌다. 뭘 그리 오래 쌓아뒀어. 별것도 아니고만. 어느 날의 당산철교가 떠올랐다. 우리에게는 자유로울 수 있는 여러 방법이 있지만, 좋은 사람에게서 위로와 공감을 얻어 보다 나은 선택을 할 수도 있는 것이다.

"좀 더 살아보길 잘했다. 재밌네."

내 말을 마일로가 잇는다.

"야 시끄러워! 앞으로 더 재밌을 거야."

언니 말고 엄마

2년 동안 프리랜서 방송작가로 살다가 월급형 첫 직장에 들어
갔을 때, 출퇴근 타임카드를 찍어야 하는 찰리 채플린 시대 회
귀 시스템보다 더 어려웠던 것은 '호칭'이었다. 대학 때 여자
선배를 언니(남자 선배는 형. '학형'이 중요했던 민주화 학번이라…)
라고 부르다가 프리랜서 시절에도 이어갔는데, 그게 나에게
또박또박 월급 주는 회사에선 용납되지 않는 호칭이란 사실은
몰랐다. 입사하고 며칠 안 돼서 선배에게 "저…, 언니"라고 했
다가 호통을 들었던 거다.

"야, 여기가 동네 미장원이냐? 어디서 언니래? 선배! 선배란
말 몰라?"

그렇게 인생에서 언니를 봉인하고 '선배와 후배'의 세계에

서만 오래 살았다.

다시 언니의 세상이 열린 것은 뉴욕으로 건너갔을 때였다. 학교나 동네나 모임에서 만난 한국 친구들은 일단 나를 '수언니'라고 불렀다. 수 떼고 언니가 아니라 그냥 그게 이름인 양 수언니, 남동생도 나를 누나라고 잘 부르지 않는데 갑자기 수누나가 내게 짝짝 달라붙었다(하기야 이제 어느 자리에 가도 내가 제일 언니이고 누나이긴 함). 그런데 이런 호칭에서 예외인 친구가 있다. 견가다.

견가를 처음 만나고 꽤 오래 존댓말을 했다. 나이 한참 어리다고 바로 반말하는 것도 그다지 좋아하지 않는 데다 사실 반말을 잘 못 하는 성격이기도 하고, 말을 놓는 순간 혹시 내가 친밀감을 빙자해 무례해지지나 않을까 두렵기도 하기 때문이다. 그러던 어느 날 울월스 빌딩(엠파이어 스테이트 빌딩이 생기기 전 한때는 제일 높은 빌딩이었다는) 뒤에 있는 델리에서 같이 점심을 먹게 됐는데, 무슨 얘기 끝에 내가 견가에게 "에이, 아직 어린데 뭐가 걱정이에요" 했더니 견가가 머리를 귀 뒤로 쓸어 넘기며 말했다.

"저, 그렇게 어리지 않아요."

나는 입을 헤 벌리고 아무 대꾸도 못 했다. 그때 견가가 스물넷이었기 때문이다. 스물넷이 어리지 않은 거면 나는 관을 짜야겠다….

같은 수업을 듣는 그 '어리지 않은' 애들 몇이 올랜도와 마이애미를 묶어 여행을 간다며 나를 끼웠을 때, 솔직히 피하고 싶었다. 작가 김하나는 나를 '자신이 만난 가장 외향적인 사람 중 하나'라고 말하지만 나도 때로 굉장히 내향적이야. 내외한다고. 특히 친하지 않은 사람들과 여행 가는 것 아주 싫어해. 게다가 저렇게 '어리지 않은' 아이들과는 어떻게 놀아야 하는지 잘 몰라…. 이런저런 핑계를 대고 겨우 빠져나왔다 싶었는데 결국 뒷덜미 잡혀(일행 중 하나가 나를 컴퓨터 앞에 앉혀놓고 비행기 티켓을 강제로 사게 함), 다른 친구들이 이미 다 예약해놓은 상태에서 혼자 올랜도로 뒤따라갔다.

내 기억에 그다지 재미있지 않은 이 여행 얘기를 꺼내는 것은 이것이 인생 최악의 여행 중 하나였기 때문이다. 4박 5일밖에 안 되는 일정에 큰 트렁크를 가져간 게 일단 실수였다. 항공사 카운터에서 짐을 부치고 게이트 앞에서 기다리는데 뭔가 느낌이 싸했다. 항공권을 봤다. 거기엔 내 이름 '이현수'가 아닌 '이현숙'이, 올랜도가 아닌 한국으로 간다고 박혀 있었다. 그날 델타항공에서는 내 이름에 기역을 더하신 현숙 씨가 비슷한 시각에 한국행 비행기를 탈 예정이었는데, 직원이 신분증을 제대로 확인하지도 않고 내 짐을 한국으로 보내버린 것이다.

그 길로 다시 밖으로 나와 체크인 카운터로 뛰어갔다. 화를 낼 시간도 없이 티켓을 바꾸고 짐을 수습하려 했으나 내 수영복과 속옷과 선드레스와 세면도구는 일본을 경유해 한국으로 가는 컨베이어 벨트를 타고 있었다. 망했다.

그날부터 빨래의 나날이 시작됐다. 올랜도에 도착하자마자 택시를 타고 근처 월그린 마켓으로 가 겨우 속옷과 잠옷은 샀지만, 갈아입을 옷은 마땅치 않아 매일 공항 패션 그대로의 티셔츠와 레깅스를 빨아야 했다(나중에 뉴욕으로 돌아와 항공사 실수에 의한 보상금을 받으러 갔는데, 담당자가 아주 싸늘한 표정으로 영수증을 볼펜으로 톡톡 치며 속옷, 양말, 치질약(젠장) 같은 건 인정해도 '미키마우스 잠옷'은 관광상품이므로 보상해줄 수 없다고 했다. 갑자기 가슴에서 천불이 솟았다. "당신 올랜도 가봤어?? 올랜도 마트 가봤냐고!! 미키마우스 말고는 없어! 없다고!! 팬티도, 양말도, 티셔츠도, 칫솔도 죄다 퍼킹 미키마우스야!!!" 결국 항공사 최고 보상 금액인 100달러를 받았다).

비운의 올랜도 이틀째, 땀에 전 티셔츠를 빨고 있는데 견가가 들어왔다.

"아우 어떡해요 엄마, 아, 아니 언니."

우리는 빵 터졌고 그때부터 나는 견가와, 반말하는 엄마와 딸 사이가 됐다. 그리고 마이애미로 넘어가 마켓에 물을 사러 들어가서 제일 싼 물을 집었다가 같이 여행 간 별로 친하지 않은 다른 방 애들이 피지 워터를 사는 걸 보고 나지막이 "엇! 밀리면 안 돼, 저어기 볼빅! 볼빅 집어!"라고 견가와 쑥덕거리던 순간, 망설이지 않고 냉장고에서 동시에 맥주병을 꺼내던 순간, 이 여행을 오길 잘했다고 생각했다. 견가를 발견했으니까.

좋은 친구의 조건 중엔 '가까이 살 것' '술을 좋아할 것'을 늘 끼워 넣는데 견가도 이에 들어맞는 아이였다. 거리상으론 가까워도 견가 집과 우리 집의 택시 이동 거리(강을 낀 직선거리에 다리가 없기 때문에 로어 이스트 사이드로 돌아서 윌리엄스버그 브리지를 건너 브루클린으로 넘어온 뒤 다시 올라와야 한다)와 맨해튼과 브루클린이란 심리적 거리는 상당히 멀어서 밤에는 오가지 않을 법도 한데, 밤 12시가 넘어도 사람 박 터지는(그러니까 비교적 안전한) L 트레인으로 두 정거장 거리라는 건 두 술꾼에게 축복이었다.

우리는 가끔 이 연대를 '탐험대'라고 불렀다. 시쳇말로 힙한 술집 대신 후져도 마음이 편한 술집을 찾는 모험을 (너무 자주) 떠났기 때문이다. 맥주든 소주든 와인이든 주종이 중요하지 않고 '만나니까 마신다'만 중요한 우리에게 단골 술집은 묻지 마라. 해가 좋으면 바깥에서 마실 수 있는 곳, 돈이 부족하면 '수요일 여성 손님에게 50퍼센트 할인!'이라 쓰여 있는 곳,

귀찮으면 옆집이나 집에서 10분 거리, 딱 꽂힌 단 하나의 안주가 있다면 금상첨화… 식이었다.

그중 제일 많이 갔고 또 내세울 만한 곳은 '바 하몽Bar Jamon'이다. 나름 유명한 스패니시 식당인 까사 모노Casa Mono의 자매점 같은 이 술집은 그 옆집 식당 주방에서 나오는 안주가 당연히 맛있고, 내가 제아무리 좋은 미용실에서 파마한들 얻을 수 없는 웨이브의 단발머리 아저씨가 돋보기를 올려 쓰며 메뉴판에서 좋은 와인을 추천해주는 곳이다. 바 하몽이 내 스페인 사랑의 시작이라고 믿는다. 벽면의 스페인어 메뉴들을 구글링을 해가며 읽기 시작한 덕에 스페인 음식을 사랑하게 됐고 그 후로 미친 듯이 스페인을 드나들게 됐으니까. 바 테이블 형태에 내가 건가랑 술을 마시는 건지 11시 방향 저 여자랑 마시는 건지 모를 정도로 끼어 앉아도 열다섯 명이 고작일 이 작은 바에는 대략 2~3차쯤에 갔는데, 자리 잡기 무지 어렵다는 이 바에서 열 번에 아홉 번은 두 자리가 우리를 기다리고 있을 만큼 이곳과 우리의 궁합은 잘 맞았다.

바 하몽이 도저히 그날 우리와 연이 닿지 않겠으면 1분 거리인 피에르 로티Pierre Loti 바로 슬렁슬렁 걸어가 앉으면 됐다. 나중에 이스탄불에 갔을 때 피에르 로티가 터키 로맨스의 상징 같은 인물이란 사실을 알게 됐는데, 거의 매년 밸런타인데이에 견가와 밥을 먹었으니 피에르 로티가 점지해주신 게 아닐까 싶기도 하다(한번은 어떤 식당에 자리가 있길래 그냥 들어갔는데 '러브러브 코스'밖에 없어서 사방팔방 연인에 둘러싸여 둘이서 낄낄대며 사랑 코스에 하트 케이크 후식까지 먹은 일도 있다).

술집만 탐험해서 탐험대가 아니다. 우리가 '머저리 탐험'이라고 부르는 기묘한 모험도 많았다. 예를 들면, 지금 초록색 6라인의 14가 유니언 스퀘어 역 다음은 23가 역인데 과거 18가 역이 있었고 그 흔적이 있다기에 찾아 나선 적이 있다. 한참 헤맨 끝에 바닥에서 맨홀 뚜껑 같은 문을 발견하고 소리를 질렀다.

"여기야! 여기라고!"

그게 대체 뭐라고…. 그 후 6라인을 타고 두 정거장 사이를 왔다 갔다 할 때마다 창문에 바짝 붙어서 이제 그라피티로 가득한 어둡고 더럽고 버려진 18가 역을 눈에서 놓치지 않는다.

요약하자면 '헛짓'으로 점철된 우리의 만남에서 대화라고 해봤자 헛소리일 게 뻔하다. 어딜 가도 헛소리 찍찍 하는 두 사람이 뭉쳤으니 그야말로 헛소리 대잔치가 열린 것이다. 몇 시간 동안 '중전~~' '왜 그러시오~~'(아무 의미 없음. 그때 〈해를 품은 달〉이 한창 방송되던 때임) 하다가 집으로 돌아온 적도 있다. 그런데도 뭔가 아쉬워서 4차는 차마 가지 못하고 길거리 벤치에

앉아 아무 노래나 부르고 아무렇게나 화음을 넣으며 날씨 조옿
다, 바람 조옿다, 그러기 일쑤였다.

"우리 대화의 95퍼센트는 완전 헛소리인 것 같아."

어느 날 건가가 말했다.

"괜찮아. 중요한 5퍼센트의 진심이 있으니까."

내가 말했다.

당시는 그 친구나 나나 좀 힘들던 때였다. 대부분의 시간을
낄낄대며 말도 안 되는 소리를 지껄이다가 마지막에 진짜 하
고 싶은 한마디를 툭 던지곤 했다.

"응. 나는 전화 목소리만 들어도 엄마가 지금 많이 힘들구나,
그렇구나, 알아."

그렇다. 우리는 그 5퍼센트의 진심을 위해 95퍼센트의 헛소
리를 하는 것이다.

"앞으로 더 좋은 날이 오려고 오늘이 힘든 거야."

"맞아! 그러려고 하늘이 시련을 주는 거야! 기운 내야 해, 알
았지?"

알았지? 그 말을 듣는 순간, 갑자기 저쪽 정류장 광고판에 쓰
여 있는 '알았지'란 글자가 눈에 들어왔다.

"이럴 수가!!! 이건 계시야! 저기 봐! 영어로 '아라치'라고
쓰여 있어! 말이 돼?"

내가 흥분해서 소리를 질렀다. 견가도 덩달아 소리쳤다.

"어디? 앗! 진짜네!! '아라치'라고 쓰여 있어! 아니 어떻게 된 거지?"

둘은 길거리에서 죽은 자의 부활이라도 목격한 듯 마구 소리를 질러댔다. 우리가 '알았지?'라고 말한 순간 바로 옆에 나타난 '아라치'란 간판. 운명이다. 계시다. 오늘을 극복하고 새로운 내일을 맞이할 것이다…. 우린 함께 울었다.

다음 날 술이 깨서 그 간판을 보니 'earache'라고 쓰여 있었다. 아라치가 아니고 이어에이크… 귓병이 있으면 자기에게 오라며 웃는 이비인후과 의사의 건치가 빛나고 있었다.

출동 수스코

왜 술을 마시는가. 그날의 정당한 이유가 늘 있다. 비가 와서, 날이 좋아서, 눈이 와서, 기뻐서, 슬퍼서, 하루가 고돼서, 하루가 지루해서…. 다 됐고, 자기 나라를 떠나 타지에서 산다는 것 자체가 술을 마시는 이유다. 견뎌야 하는 것들이 너무 많기 때문이다.

뉴욕에서 제일 힘겹게 견뎌내야 하는 것이야 저마다 다르겠지만, 외로움 이전에 공통적으로 겪는 가장 원초적인 것이 있다. 쥐 같은 동물과 바퀴벌레를 비롯한 벌레들이다.

오래된 도시, 100년이 넘는 지하철의 역사를 자랑하는 뉴욕의 쥐는 미키마우스의 그 '마우스mouse'가 아니다. 랫rat이다. 둘은 엄연히 다르다. 보통 생각하는 쥐는 생쥐에 가까운 마우스지만, 뉴욕의 쥐는 거대하고 퉁퉁한(통통 아님), 이게 쥐인지 고양이인지 헷갈릴 정도로(농담 아님) 자이언트 쥐다. 전철에서 선로를 내려다보면 갑자기 시커멓고 큰 물체가 제 딴엔 바쁘게 움직일 때가 있다. 기차가 오고 있단 얘기다. 가끔 플랫폼으로 기어 올라와 사람들 사이에 누워 있는 놈도 있다. 배가 부르단 얘기다. 저리 가라고 발을 굴러도 꿈쩍도 하지 않는다. 물릴 위험이 있으니 건드리지 않는 게 낫다. 하긴 물 정도의 의욕이 있어 보이진 않지만.

인스타그램에 'New York rats'를 쳐보라. 뉴욕 쥐의 행각을 꼼꼼하게 기록하는 미친 인스타들이 꽤 된다. 몸체만 한 피자 조각을 들고 계단을 내려오는 쥐는 이미 스타다. 어떤 쥐의 사체에는 크라임 신을 표시하는 흰 줄이 그어져 있다. 집이라고 예외는 아니다. 잠시 뉴욕에 살던 동생 집엔 쥐의 흔적(이라고 쓰고 쥐똥이라고 읽는다)이 여기저기 널려 있었지만 흔적의 주인공만 안 만나면 다행이었다. 오래된 집이든 새집이든 상관없다. 월세가 싼 집이든 비싼 집이든 가리지 않고 쥐는 공평하게 기거한다. 뉴욕이라는 도시 자체가 쥐와의 사이좋은 공존을 묵인하고 있는 듯했다.

사실 나는 쥐와 사는 데 익숙하다. 요즘은 상상할 수 없는 일이지만 어려서 우리 동네는 거의 사람 반 쥐 반이었다. '쥐 잡는 날'이라는 것도 있었는데, 잡은 쥐의 꼬리를 잘라 학교에 가져오면 포상(?)으로 지우개를 주기도 했다. 주택이었던 우리집도 쥐 천국이었다. 쥐는 밤낮을 가리지 않고 천장에서 잘도 우다다거렸고, 정작 우다다해야 할 우리 고양이는 못 들은 척 자기 털만 핥았다.

그러던 어느 날 이놈의 쥐들이 내 방까지 침투하자, 엄마가 장갑을 끼더니 몽둥이를 들고 말했다.

"도저히 못 참겠다. 오늘 내가 보여주겠어, 누가 이 집 주인인지."

초등학교 4학년인 내가 보기에도 어이없었다. 무슨 몽둥이로 쥐를 때려잡아. 쥐가 바보임? 게다가 우리 엄마로 말할 것 같으면, 예쁜 레이스 속옷에 치마만 입는 작고 여리여리하고 우아한 소녀였다. 쥐를 무서워하던 난 차마 밖에 나가지 못하고 창문 옆에 숨어 지켜봤다. 어쨌든 엄마 파이팅….

엄마가 마당으로 나섰다. 나와 여섯 살 때부터 함께 자라 자매뻘인 믹스견 구피가 엄마를 따라갔다. 엄마의 한 손에는 몽둥이, 한 손에는 호스가 들려 있었다. 웬 호스? 마당에는 쥐의 서식지로 판단되는 돌담이 있었는데 엄마가 돌과 돌 사이 틈에 호스로 물을 쏘기 시작했다. 얼마쯤 지나자 그 구멍 옆에 있는 구멍으로 말 그대로 물에 빠진 생쥐가 머리를 내밀었다.

물에 젖어 몸이 묵직한 쥐들이 느릿느릿 구멍에서 빠져나오자 엄마가 몽둥이를 번쩍 들었다…, 잔인하니 그만 말하겠다. 덜 젖어 아직 탈출할 여력이 남아 있는 쥐들이 잽싸게 마당으로 튀었다. 그때 나의 동생 구피가 하늘로 뛰어오르더니 입으로 쥐를 낚아채 고개를 마구 흔들고는 벽에다가 내동댕이쳤다. 구…, 구피야? 구피는 기세등등 자랑스러운 얼굴로 엄마를 바라봤다.

"잘했어, 구피. 오늘 고기 먹자."

이 잔인무도 2인조는 그렇게 합동 작전으로 쥐를 열다섯 마리나 잡았다(후에 엄마는 말했다. "내가 이렇게 오래도록 아픈 건 그때 그렇게 쥐를 죽여서가 아닐까…." 엄마, 그건 아닐 거예요).

이런 쥐잡이 가족 출신답게, 나는 뉴욕에서 가끔 처리반으로 나섰다. 아름다운 사무실에 침범해 쥐덫에서 찍찍거리는 애들을 누군가가 검은 봉지에 담아 치워야 한다면, 프로 쥐잡이의 딸이자 나이가 제일 많은 내가 딱이기 때문이다. 하지만 이미 끈끈이에 걸린 쥐는 처리할지언정, 친구 집 히터 속에서 찍찍대는 애는 차마 잡지 못했다. 나는 잡이보단 처리반에 불과했다. 엄마, 이렇게 부족한 딸이어서 죄송합니다.

어찌어찌 쥐는 제압한다고 해도, 절대 건드리지 못하는 무법자도 있다. 라쿤이다. 뉴욕에선 무슨 숲이 우거진 동네도 아니고 그냥 주택가일 뿐인데 곧잘 너구리가 출현한다. '너부리'의 귀여움을 생각해선 안 된다. 뉴욕의 너구리는 흉악하다. 어느 날 밤 술을 들고 뿜이네로 가다가 웬 작은 아이가 두 발로 서서 쓰레기장 난간 사이로 움찔움찔 빠져나오는 것을 목격했다. 어두운 밤이라 첨엔 애가 이 시간에 쓰레기장에서 뭘 하는 건가 했는데 곧 라쿤과 딱 눈이 마주쳤다. 술병을 희생해야 할지도 모를 상황에 맞닥뜨린 나와 쓰레기통에서 건진 무엇을 빼앗길 거란 착각에 빠진 라쿤은 동시에 얼어붙었지만 곧 라쿤이 먼저 자리를 피해 옆집으로 들어갔다.

어쨌든 여기까지는 차라리 귀여운 무용담에 불과하다. 문제는 너무나 당연하다는 듯이 우리와 공간을 나누려 드는 뻔뻔한 바퀴벌레다. 무엇이 더 나은가, 쥐인가 바퀴벌레인가? 친구들과 이런 얘기를 가끔 하는데 미키마우스에 너무 오래 세뇌된 탓인지 의외로 쥐가 낫다는 답이 많다. 솔직히 게으른 쥐나 초가삼간 다 태워도 해결될까 말까 하는 베드벅(빈대)보다는 내가 비교적 쉽게 제압할 수 있는 바퀴벌레가 차라리 낫다고 생각하지만, 이게 '쉽다'고 생각하는 것 또한 지극히 개인적인 판단일 뿐이다.

그날도 견가 동네에서 술을 먹고 12시 넘어 집에 들어간 참이었다. 씻고 정리하고 뭐 좀 보고 어쩌고 하다 보니 새벽 2시가 훌쩍 넘었다. 자려고 누웠는데 전화벨이 울렸다. 견가였다.

"아직 안 잤네?"

아무 말 없이 훌쩍이는 소리가 전화기 너머로 들려왔다.

가슴이 철렁 내려앉았다. 견가는 웃겨서 울지언정 함부로 우는 아이가 아니다.

"왜! 무슨 일이야!"

"엄마… 지금 우리 집에 좀 와주면 안 돼?"

잘 잡히지도 않는 택시를 겨우 호출해 견가네로 달려갔다. 견가는 나와 헤어진 지 두 시간도 넘었는데 아까 본 옷차림 그대로 신상 백까지 어깨에 메고서 책상 의자에 앉아 울고 있었다.

사건은 이랬다. 나와 헤어져 집으로 돌아간 견가는 화장실에서 배를 까고 누워 다리를 바들바들 떨고 있는 검지 크기의 바퀴님을 발견한다. 단말마의 비명도 지르지 못한 채 화장실에서 제일 멀리 있는 곳, 책상으로 도망친다. 그대로 굳는다. 울다가 두 시간이 지나서야 내게 전화할 용기와 정신이 난다.

애가 크긴 크더라. 휴지를 둘둘 말아 애를 싸서 반으로 꺾은 뒤 변기에 내리고 욕실용 세제로 시체 자리를 닦았다.

"엄마는… 어떻게 이걸 아무렇지도 않게 쓱쓱 처리하지? 세스코야? 오, 수스코! 엄마는 수스코야!"

아무렇지도 않기야 하겠니. 나도 바퀴벌레 징그러워. 증오해. 무서워.

처리가 끝난 뒤 냉장고를 열었다. 맨 아래 칸에 코로나 맥주병들이 레벨을 앞으로 향한 채 딱딱 줄 맞춰 서 있었다. 내가 아는 가장 깔끔한 친구 중 하나인 견가네는 늘 '미친 깨끗함'이 존재했고 그 바퀴벌레는 불쌍하게도 못 올 데를 와서 제명에 죽지 못한 것이다.

"애도에는 술이지."

새벽 2시 반에 다시 맥주병을 땄다.

폭풍우 치는 밤에

어려서 아빠한테 물었다.

"아빠 영어 이름은 뭐야?"

"뭐긴 뭐야, 이름 그대로지. 아빠 이름 몰라?"

이해가 안 갔다. 모든 한국어 단어엔 이에 해당하는 영어가 있다고 생각했기 때문이다.

대학 때 코엑스 전시장 알바를 갔더니 영어 이름이 하나 있어야 한다고 했다. 그때 갑자기 아이린이란 이름이 떠올랐다. Irene이라고 하고 싶었는데 영국인이 "노노, Eileen이라 해야지"라고 했다. 한국인 알바가 뭘 어쩌겠어, 그러라면 그래야지. '아이륀'이라고 하면 편할 것을, '아일리인'이라고 어렵게 불려야 하는 이름이 된 건 내 탓이 아니다.

아일리인은 그렇게 한 번으로 작별했고, 아이린은 뉴욕에서 다른 인연으로 만났다. 밴쿠버에서 뉴욕으로 와 그래픽 디자인을 전공하는 내내 나의 과제 동기가 되어준 한국계 아이린, 그리고 2011년 가을 그 예쁜 이름으로 무섭게 몰려온 허리케인 아이린.

방송은 연일 '역대급일 것이다, 단단히 대비하라'고 경고했다. 한국에서 역대급 홍수를 여러 번 겪었던 사람으로, 일단 욕조에 물을 받고 냉장고나 가스 불이 없어도 먹을 수 있는 비상식량과 물을 쟁이러 나갔다. 어느 나라나 똑같듯 이런 사태에 직면하면 사재기가 장난 아니다. 언제나 이런 일에 한발 늦는 나는 맛이고 기호고 나발이고 일단 인간이 먹을 수 있는 것이라면 다 샀다. 그런데 허무하게도 아니 다행히도, 아이린은 그냥 우아하게 바람 휙, 비 찔끔 날리고는 바다로 사라졌다. 뉴욕에서 처음 만난 허리케인이었다.

2012년 가을에도 허리케인은 어김없이 찾아왔다. 이번엔 '샌디'였다. 그때까지 내가 아는 샌디는 어린 시절 목놓아 노래 불렀던 영화 〈그리스〉에서 내 사랑 올리비아 뉴턴 존이 맡은 샌디, 역시 캐나다에서 그래픽 디자인을 전공하고 뉴욕에서 다시 공부하겠다며 온 타이완계 샌디, 이렇게 둘이었는데 이번엔 허리케인이란다. 또 '역대급'이래. 아니 뭐가 매년 역대급이야.

허리케인 경보로 며칠 시끄럽더니 드디어 시작이라고 예고된 날인 월요일이 됐다. 아침에 누워서 미적거리다가 창밖을 내다봤다. 음? 바람이 심상치 않은데? 견가에게 전화했다.

"너 뭐 좀 사뒀어?"

"아니, 작년 아이린 때 이것저것 엄청 샀는데 결국 다 못 먹고 버렸잖아. 올해는 그냥 대충 넘기려고."

하긴 올해라고 다르겠어…. 일단 냉장고에 별것 없던 나는 예전에 길에서 주운(왜 아니겠는가) 접이식 쇼핑 카트를 끌고 집 앞 마트로 갔다. 물을 담고 라면, 생전 먹지도 않는 시리얼과 우유(가스가 끊길 것을 대비해), 에너지바 몇 개, 생존용 맥주를 챙겼다. 카트가 제법 묵직했다. 질질 끌고 집으로 돌아오는데 카트 바퀴가 헛돌더니 카트가 쓰러지면서 나를 덮쳤다. 길바닥에 엎어져 무거운 물통, 우유통 밑에 깔린 뒤에야 이게 바퀴가 망가져 버려진 카트였다는 것을 깨달았다. 젠장 샌디년, 어디 안 오기만 해 아주 내가 머리채를…. 무릎과 손바닥에 피를 철철 흘리며 욕을 퍼부었다.

나의 저주 때문이었을까. 저녁 어스름이 되자 비바람이 거세지기 시작했다. 창밖 가로등을 보니 비가 세로로 내리는 게 아니라 강풍 때문에 가로로 날리고 있었다. 집에 TV가 나오지 않

58

아 1층 로비 TV를 보러 내려갔더니 주민들이 몇 모여서 뉴스를 보고 있었다. 뉴스에서 '내일 등교 금지'라기에 속으로 오예 쾌재를 불렀다. 그 주 과제가 너무 많았기 때문이다. 이때까지만 해도 이게 얼마나 어마어마한 재해가 될지 전혀 상상하지 못했다.

샌디의 위력은 상상초월이었다. 내가 살던 집은 재해 지역의 아슬아슬한 경계선에 놓여 있어서 다행히 인터넷과 전기가 잠깐 끊긴 정도였으나, 바로 윗동네부터는 끔찍할 정도로 큰 피해를 입었다. 그날 밤 하루 새, 아니 몇 시간 사이에 페리 정박장이 다 부서지고 전기와 수도를 비롯해 모든 게 끊기고, 교통이 마비됐다. 그나마 브루클린은 좀 나았다. 맨해튼 31가 아래로는 완전 암흑 세상이 일주일 이상 이어졌다. 기억하는 사람들도 있을 것이다. 1년 열두 달 하루도 빠지지 않고 불야성이던 월 스트리트가 불빛 하나 없는 검은 지역으로 바뀐 사진을.

하여튼 그런 월요일이 지나고 화요일이 됐다. 제일 걱정되는 건 맨해튼 22가에 사는 견가였다. 장도 안 봐뒀는데! 그쪽은 전기도 나가고 물도 안 나온다는데! 이미 전철이고 버스고 다 운행이 정지된 터라 가볼 수도 없고, 온종일 전화는 연결되지 않고, 메시지를 아무리 남겨도 답이 오지 않고, 정말 미칠 노릇이었다. 그렇게 또 하루가 지났다. 맨해튼 13가에 있던 학교는 기약 없이 문을 닫고 '학교에서 숙식을 제공해줄 테니 재난 피해자는 학교로 오라'라는 메시지만 계속 들어왔다. 그나마 우리 아파트 쪽은 이만해서 다행이라고 가슴을 쓸어내리며 출근이고 뭐고 밖에 못 나가 걱정하는 주민들, 학교 안 가서 신난 아이들이 1층 로비에 가득 모여 같이 뉴스를 지켜봤다.

견가에게 계속 연락이 오지 않자, 나는 맨해튼으로 넘어갈 방법을 연구하기 시작했다. 그때까지만 해도 내겐 차 있는 친구가 없었고 우버도 없던 시절이었다(우버 시대 이전, 브루클린과 맨해튼 사이를 택시로 오가는 것은 쉽지 않았다). 윌리엄스버그 브리지를 걸어서 건너갈까? 통제됐네. 맨해튼 브리지는 괜찮나? 그렇다면 한 서너 시간은 걸어야 하나? 내 무릎은? 머리를 쥐어짜고 있을 때 전화가 울렸다. 견가였다.

"야!! 어떻게 된 거야? 괜찮아?"

며칠 만에 듣는 견가의 목소리는 의외로 여유로웠다.

"응, 나 지금 한인타운에서 밥 먹고 있어."

상황은 이랬다. 폭풍우가 몰아치기 시작한 월요일 저녁 견가는 잠이 든다. 눈을 떴는데도 깜깜하다. 어랏 아직 밤인가? 또 잔다. 눈을 떴는데 또 깜깜하다. 응? 아직도 밤인가? 또 잔다. 인터넷과 전기가 끊겼으므로 바깥에 어떤 난리바가지가 났는지 알 길이 없다. 그렇게 계속 자는데 누군가가 문을 막 두드린다. 견가와 며칠 연락이 되지 않자 너무 걱정되신 견가 어머니가 뉴저지 사는 어머니 친구분께 좀 가봐 달라고 부탁하신 거다. 차를 몰고 맨해튼으로 온 어머니 친구분은 일단 며칠 굶은 견가를 끌어내 한인타운으로 밥을 먹이러 가셨고, 견가는 무료 충전소로 탈바꿈한 한인타운 식당의 난민들 틈에서 밥을 먹으며 전화기 충전하고 백 통, 천 통의 메시지를 확인할 수 있었던 것이다.

"그래서 전기가 들어올 때까지 뉴저지에 가 있을 것 같아."

"무슨 소리야! 우리 집으로 와. 우리 집은 이제 인터넷도 되고 다 괜찮아졌어!"

어머니 친구분의 자동차를 타고 견가는 브루클린으로 건너왔고 그날부터 합숙이 시작됐다. 뭘 했는지는 잘 기억나지 않는다. 어차피 갈 데도 마땅치 않았으므로 집에서 인터넷으로 뭘 보거나 냉장고를 털거나, 그것도 지겨우면 신선한 재료 따위 포기하고 근처 식당에 갔을 것이다. 평소 웨이팅이 길었던 식당들은 동네 사람들 몇만 듬성듬성한 채 한산했고, 가지고 있는 재료로 어떻게든 음식을 만들어내고 있었다.

매일 빠지지 않고 한 일은 산책하고 집으로 돌아오는 길에 강가에 서서 맨해튼을 바라보는 것이었다. 우리 집과 견가네는 이스트 리버를 사이에 두고 마주 보고 있었는데, 그곳에 불이 켜지기를 간절히 바라며 매일 강가에 한참 서 있었다. 반으로 딱 쪼개진 듯 작은 불빛 하나 새어 나오지 않는 깜깜한 맨해튼 아래쪽과 불야성처럼 환한 위쪽을 강 너머에서 바라보는 것은 정말 기이한 느낌이었다. 제아무리 세계 최고의 도시라고 뻐겨봤자 자연 앞에서는 이렇게나 무력한 것이다.

일주일 넘게 학교가 문을 열지 못했던 어느 날 밤, 그날도 강가 산책에 나섰는데 갑자기 견가가 소리쳤다.

"불! 불이 들어왔어!"

맨해튼이 다시 밝아진 것이다. 우린 왠지 울컥해서 눈물도 좀 흘렸다. 지하 터널로 맨해튼과 브루클린을 오가던 L 트레인은 그 후로도 한참이나 복구되지 못했다(비정상적인 운행을 거듭하다가 결국 정지하고 1년 반 동안의 긴 공사에 들어갔다). 견가는 불빛이 들어온 다음 날 배를 타고 집으로 돌아갔다.

배를 타고 갔다고 하니 노를 저어서 간 느낌이네. 오해할까 봐 덧붙이는데, 뉴욕에는 맨해튼과 브루클린, 퀸스를 잇는 페리가 있습니다, 여러분. 버스나 전철보다 배가 더 먼저 복구되었다는 사실도 뭔가 아이러니하다.

베이비를 샤워해

〈W〉 매거진 패션 팀장으로 뉴욕에 출장 온 후배 유경과 일 끝나고 동네에서 만난 날이었다.

"선배 동네에 나 아는 친구가 살아. 서로 알고 지내면 좋을 것 같아서 걔 퇴근하고 이쪽으로 오라고 했어." 유경은 예전에 근무했던 잡지에서 인턴 하던 친구와 오래도록 가깝게 지낸다며 이런 말을 덧붙였다. "선배, 내가 '내 사람'이라고 생각하는 몇 안 되는 아이야."

내 사람. 마이 피플. 나는 그전까지 '내 사람'에 대해 생각해본 적이 없었다. 굳이 파고들자면 '내 편' 정도는 생각했을 것이다. 초딩도 아니고 네 편, 내 편이 뭐니…. 근데 사람이란 언젠가 '내 편'이라는 말이 뒤통수를 후려치는 순간에 맞닥뜨린다. 수렁에 빠져 허우적대다가 내 편이라고 쓰여 있는 동아줄 하나에 온몸을 실어 붙들고 기어 나올 때, "야, 너 쟤 편드냐?" 라는 말이 더는 초딩적 언어가 아니라는 것을 깨닫게 된다. 그런 내 편보다 '내 사람'이란 말은 뭔가 더 근사하다. 내 편으로서의 지지와 함께 미운 정 고운 정까지 얹어 더 끈끈해진 관계. 내 사람이란, 때로 나를 혼내고 욕하고 나와 싸우면서도 결국 나를 안아주는 사람 같지 않나?

유경이 자신 있게 '내 사람'이라며 소개해준 홀리와 동군 커플은 곧 내게도 '내 사람'이 되었다.

처음 만날 날부터 다짜고짜 그들 집에 갔다(아니, 내가 첫 만남에 바로 남의 집에 가는 그런 사람은 아닌데요…). 내가 북쪽 N 11th에 살았다면 그들은 아래쪽 S 3rd에 살고 있었고 그건 직선으로 15~20분 정도 걸어 내려가면 되는, 그러니까 '같은 동네 사람'이란 얘기다. 우리에게 친구 찾기 여정의 끝 혹은 로망은 결국 동네에서 가장 친한 친구를 만들거나 가장 친한 친구를 동네로 끌어들이는 것이다. 왜 그런 느낌 있잖은가. 딱히 약속을 하진 않았지만 "오늘 저녁때 우리 집에서(너희 집에서 또는 동네에서) 술 한잔할까?"란 말을 스스럼없이 건넬 수 있는 것, 그래서 혼자 있고 싶지 않은 날만큼은 혼자 있지 않아도 되는 것.

이 로망은 좀 엉뚱한 방향으로 실현되기 시작했다. 우리 집에서 남쪽 15분 거리에 있던 동군, 홀리 커플은 얼마 안 있어 북쪽 15분 거리 그린포인트로 이사했다. 또 한 번의 15분 거리 이웃이 말했다.

"우리 김장을 한번 해볼까 해."

김장…? 울 엄마도 언제부턴가 사 먹기 시작한 김장을? 혹시 집안 대대로 김장을 100포기 이상 해온 종갓집 자제인가?

"오, 뭔가 비법이 있는 건가!"

혹시나 해서 내가 물었다.

"비장의 레시피는… 인터넷에 있다! 으하하하!"

나는 냅다 도망쳤지만, 정순왕후 몇 대손을 어머니로 둔 쥰은 김장을 부추긴 죄로 이 험난하고 고된 김장 과정을 함께한 뒤 자신의 만화 작품 「김장 데이」로 승화했다(여섯 포기 정도 생각했던 쥰에 반해 '큰 손 the 홀리'는 배추를 한 상자나 샀고 쩜쩜쩜).

"핼러윈 맞이 내 맘대로 호박 파기 모임 할까?"

"연말을 맞아 다 같이 만두 빚기 모임을 가질까 봐."

"오늘 압력솥에 김치찜 하려고."

"고달픈 연애가 막 끝난 친구(그때까지 나는 본 적도 없던 친구)가 집에 온대. 오늘은 그 넋두리 듣기 모임이야. 언니도 같이 그냥 들어주면 돼."

동군과 홀리는 이렇게 이런 이유 저런 이유, 이런 조합 저런 조합으로 나를 끼웠고 그렇게 삼삼오오 뭉쳤다 헤어졌다를 반복하면서 우리는 서로의 인간관계를 공유하고 넓혀갔다. 하지만 우리가 서로에게 '내 사람'이 되어준 계기는 따로 있었다.

내가 아는 가장 쿨하게 웃기는 쭌(만화 그리는 김장녀)과 동군·홀리네서 술을 마시던 날이었다. 술이 어느 정도 오르고 좀만 더 하면 춤 주정으로 가기 직전, 내가 홀리의 배를 내려다보며 물었다.

"그런데 베이비샤워는 안 해?"

홀리의 배 속에는 어렵게 찾아온, 아주아주 귀한 아이가 세상에 나올 날을 기다리고 있었다. 사실 나는 베이비샤워가 뭔지 그때까지 잘 몰랐다. 해본(심지어 그런 자리에 가본) 적이 있어야 말이지. 미국에 오면 미국 법을 따르라고, 그냥 어디서 주워들은 풍월로 한번 던진 말이었다.

"아, 그냥 안 하려고."

"응 그래."

애초에 그런 거 잘 모르는 나와 애초에 그런 거 관심 없는 쭌은 그냥 고개를 끄덕이며 다시 술에 몰두했다.

"…. 사실은 민이 해주기로 했었는데 그 친구가 요즘 새 프로젝트 때문에 너무 바빠서 연락이 잘 안 돼. 그래서 안 하기로 했어."

몽롱한 머리로도 홀리의 실망이 뼛속까지 전해졌다.

"그럼 안 되지! 나랑 쫀이 해줄게!"

쫀이 날 쳐다봤다.

"내가요?"

"우리가 하는 거야!"

"우리가요?"

쫀의 눈은 '나보다 널 더 못 믿겠다'라고 말하고 있었다.

"그래! 하면 되지! (조용히) 근데 쫀, 베이비샤워가 뭘 하는 거야?"

"…. 지금 '나'한테 물어보는 거예요?"

그렇게 출산 경험 없이 완경이 코앞인 아줌마와 레저씨(자칭 레즈비언 아저씨)의 베이비샤워 준비가 시작됐다.

준비는 개뿔, 뭘 알아야 준비를 하지. 며칠 뒤 홀리가 메일 보낼 친구들 리스트를 건네주며 "베이비 레지스트리 준비했어"라고 했다. 베이비 뭐 어째? 애를 등록한다고…? 뒤돌아서 구글링을 했다. 베이비샤워 선물 리스트인 모양이다. 그래 베이비 레지스트리 따위 좀 모르면 어떠냐, 베이비샤워가 임신한 배에다가 물 뿌리는 쇼가 아닌 걸 아는 것만으로도 다행이지. 미대 생활 두어 달 만에 초대장을 디자인하는 임무를 부여받고(다시 한번, 포토샵이 뭐지요?) 나의 스승 구글에서 베이비샤워 초대 문구를 검색해 이리저리 대애충 짜깁기한 다음, 메일을 뿌렸다.

자, 다음은 뭔데! 그날 올 사람들로부터 참석 확인 메일을 받고 숫자 체크해서 음식 짜기. 사람들이 자신이 가져올 음식 리스트를 보내기 시작했다.

"앗, 난 뭘 가져가지? 냉동만두 튀겨 갈까?"

내 말에 요리 만화를 그리는 쭌이 말했다.

"난 데블스 에그 만들어서 가져갈 거예요."

그건 또 뭐야! 악마의 불닭볶음면이나 먹는 미국 생활 초짜가 뭘 알겠어.

나를 더 기운 빠지게 한 건 나와 다른 세상에서 사는 듯한 소녀 아미였다.

"언니, 베이비샤워 사진 보낼 테니 참고해요."

아미가 보낸 사진들 속에서는 핑크 벽에 핑크 풍선에 핑크 케이크와 함께 핑크 옷을 입은 사람들이 45도 각도로 비스듬히 서서 행복하게 웃고 있거나, 하늘색 벽에 하늘색 풍선에 하늘색 케이크를 놓고 하늘색 옷을 입은 사람들이 미스 유니버스 미소를 짓고 있었다. 엄마야….

어느새 베이비샤워가 하루 앞으로 다가왔다. 쭌을 끌고 파티 시티('파티 관련 용품은 다 팔아주리라' 가게)로 달려가 '베이비샤워' 섹션 앞에 섰다.

"일단 카트에 담아."

"뭘요? 이 쓰레기를요?"

"몰라. 그냥 쓸어 담아!"

야심차게 풍선 한 봉지와 상 위에 올려놓을 소품들을 사서 홀리네로 향했다.

"자! 술을 마시면서 이 집을 완벽한 베이비샤워 세트로 만들어버리는 거야!"

우선 풍선을 불기 시작했다. 뿌우우우우우. 두 개 정도 불었더니 2년 치 복근 운동을 한 것처럼 숨이 차고 배가 조여왔다. 홀리가 웃으며 말했다.

"언니, 요즘 누가 풍선을 입으로 불어."

100개짜리 풍선 봉지를 여덟 개 만에 내동댕이치고 벽에 소심한 장식품들을 덕지덕지 붙인 뒤 식탁 위에 하늘색 포크와 스푼 등을 놓았다(파티 시티에서 공수한 그 스푼·포크 세트는 그 후 10년에 걸쳐 쓰고 쓰고 또 써도 줄지 않는다고…).

"누나, 이 정도면 됐어. 딱 좋아. 이제 그만 술이나 마시자."

동군의 말이 떨어지기 무섭게 우리는 술에 집중했다. 미안해 홀리.

비록 우리의 준비는 빈약했지만, 베이비샤워는 성공적이었다. 정말 많은 친구가 온갖 맛있는 걸 들고(오예!) 홀리네로 몰려와 내 미숙한 준비를 메꾸고 내 친구도 되어줬다. 그리고 너무나도 중요한 또 하나의 내 사람이 생길 거라는 강력한 예감이 몰려왔다.

뿜이가 우리에게 오고 있었다.

완벽한 꽃놀이

뉴욕에도 벚꽃놀이가 있다. 정통 벚꽃놀이가 뭔지는 잘 모르겠지만, 벚꽃 피는 계절에 벚꽃을 보면 그게 벚꽃놀이 아닌가? 센트럴파크에는 어마어마하게 큰 벚나무가 있다. 그 밑에서 서너 가족쯤은 거뜬히 꽃놀이를 즐길 수 있을 정도로 크다. 벚꽃이 피기 시작하면 그 밑에 한번 앉아보고 싶어 서두르지만, 굼뜬 내가 그런 특급 자리를 차지할 리 없다. 그냥 멀찌감치 떨어진 잔디밭에 누워 저만치에 있는 벚꽃을 보는 것만으로도 만족한다.

마일로와 내가 학교에 한창 시달릴 때도 벚꽃의 계절은 어김없이 찾아왔다. 과제에 지쳐 허우적대다가 마일로에게 말했다.

"야 센팍에 꽃놀이 가자! 과제 하다가 죽을 일 있냐!"

사실 나는 이날을 한국에서부터 오랫동안 준비했다고 해도 과언이 아니다. 만일 외국에 살게 되면 제일 가져가고 싶다고 생각한 것 중 하나는 김치나 고추장이 아니라 돗자리였다. 눕는 걸 좋아하는 내가 밖에서 어디든 누우려면 돗자리가 필요한데 외국에서 쉽게 구할 수 있을 것 같지 않았기 때문이다. 이마트에 가니 내 한 몸 눕히지도 못하고 엉덩이나 들이밀 수 있으면 다행일 크기의 돗자리, 그것도 뛰뛰빵빵 차선과 동물들이 그려진 아동용 돗자리밖에 없었다. 실망한 채 그거라도 사 들고 집으로 돌아와 닭이나 뜯자 싶어 교촌치킨에 전화했다.

"안녕하세요, 이민홉니다. 교촌치킨에 전화 주셔서 감사합니다."

응? 누구라고요? 여보세요? 여보세요오? 그날 이민호는 내게 살살치킨과 함께 실물 크기의 자기 사진이 딱 박혀 있는 거대 돗자리를 보냈다. 이로써 떠날 준비는 완료됐다.

그 이민호를 안고 급한 대로 달걀과 스팸을 넣은 단순 김밥을 싸서 마일로 학교에 갔다. 마일로가 다니던 학교는 센트럴파크에서 가까웠다. 센트럴파크에서 좋아하는 곳은 넘쳐나지만 그중 하나만 꼽으라면 양들의 풀밭Sheep Meadow이다. 끝도 없이 너른 풀밭 너머로 맨해튼 빌딩 숲이 병풍처럼 버티고 있는 이곳에 이민호를 깔고 누웠다. 저쪽에는 벚꽃이 흐드러졌다.

"아, 정말 좋다."

나는 행복한데 마일로는 불편한 눈치였다. 이민호랑 눕고 싶지 않은 건가?

"우리 이만 갈까?"

마일로가 말했다. 아니, 꽃놀이한 지 얼마 되지도 않았는데? 뭐 가고 싶다면 할 수 없지. 주섬주섬 돗자리를 접었다. 친해지고 난 후에 마일로가 말했다.

"쓰쓰가무시…."

"뭐라고?"

"쓰쓰가무시!! 야 쓰쓰가무시 몰라? 뉴욕서 잔디밭에 함부로 누우면 안 돼! 쓰쓰가무시에 걸리면 죽기도 한다고! 뉴스 못 봤냐?"

여러분, 진드기 조심합시다. 뉴욕 공원에 흔한 다람쥐 함부로 건드리고 그러지 맙시다. 강아지 배설물은 잔디밭에서 꼭 치웁시다. 근데 돗자리 깔면 괜찮은 거 아닌가…?

뿜이와의 첫 꽃놀이는 브루클린 보태니컬 가든에서였다. 추위가 아직 가시지 않아 벚꽃이 더뎠던 해에 아직 걷지도 못하던 뿜이를 데리고 꽃구경에 나섰다. 브루클린 보태니컬 가든에서 매년 하는 벚꽃 축제를 취재한다는 건 그냥 핑계고, 뿜이의 '첫 꽃놀이'에 끼고 싶었다. 아직 계절이 일러 벚꽃이래야 한 그루만 겨우 피었는데, 그마저도 이미 다른 사람들이 차지하고 있었다. 그래 꽃이 대수냐. 나는 뒤뚱대는 뿜이의 양손을 잡고 잔디밭을 한참 걸었다.

뿜이네가 브루클린에서 네 번째 집(또 우리 집서 15분 거리)으로 이사하고 나서도 한참 몰랐다, 집 앞길에 늘어선 가로수가 벚나무라는 것을. 어느 날 꽃이 흐드러지고 나서야 알았다.

"저게 벚꽃이었어!"

매년 우린 꽃이 피기 무섭게 베란다 문을 활짝 열고 낮에는 맥주를, 밤에는 와인을 마시며 온종일 꽃을 즐겼다.

"이게 진짜 꽃놀이지!"

그런데 이상하게도, 늘어선 나무들 중 중간쯤의 한 그루에서만 벚꽃이 피지 않았다. 나중에 들으니, 그 나무에 누가 자전거를 묶어놨는데 도둑이 그 자전거를 훔쳐 가려고 나무를 베었다는 것이다. 미친. 훔친 자전거 타다가 십자인대 끊어져라! 꽃이 졌을 때라 그게 벚꽃 길인지 모르고 중간에 '아무' 나무나 심었던 모양이다. 그래서 중간에 한 번 쉬었다가 다시 벚꽃이 이어지는 모양새가 됐다. 벚꽃 길의 쉼표가 된 그 나무는 벚꽃이 다 진 뒤에 작은 꽃을 피운다. 벚꽃이 사그러진 것을 너무 아쉬워하지 말라며.

어느 좋은 날 뿜이랑 베란다 문턱에 걸터앉아 벚꽃을 향해 비눗방울을 불었다. 방울은 나무에 닿지 못하고 하늘로 날아갔다.

"뿜아, 저기, 비눗방울이 저기로 날아갔다!"

"날아갔다!"

아직 말이 서툰 뿜이가 나의 끝말만 따라 했다. 비눗방울을 쫓아가니 저만치 무지개가 보였다.

"뿜아! 저어기 봐! 무지개!"

"무지개!"

누군가가 영화에 담는다면 너무 현실성 없다고 할 법한, 억지로 꾸미려 해도 절대 꾸며지지 않을 완벽한 날이었다.

한국에 오고 나서 어느 날, 뿜이네랑 통화하는데 동군이 말했다.

"집 앞에 벚꽃 피려고 해. 누나 어딨니! 와서 같이 술 마시며 꽃놀이해야지!"

"그래야지!"

내가 말했다.

응, 꼭. 돌아간다면 꼭 그날에.

머리를 내주면 빵을 얻으리

예전에 교포들을 보며 이런 생각을 한 적이 있다.

'아니, 대체 왜들 나이 들어서도 머리를 치렁치렁 길러? 그게 외쿡 스타일인가?'

나와서 살다가 그 이유를 깨달았다. 사는 게 바빠서이기도 하겠지만 머리 하는 데 돈과 시간이 너무 들기 때문이다.

여기 있습니다, 나이 들어서까지 머리 치렁치렁한 사람. 서른 이후로 거의 짧은 단발 아니면 커트였던 내가 브루클린살이를 시작할 때만 해도 어깨선이었지만, 언제부턴가 아침에 부스스한 거울 속 얼굴에서 박완규를 발견하며 깜짝 놀라는 스타일이 됐다. 자르는 것보다 기르는 게 손이 덜 가기 때문이다.

뉴욕 헤어숍의 양대 산맥이라고 할 김선영 미용실과 까까보

까는 역시 손기술은 한국이 최고라는 생각이 들게 하는 '고급' 미용실이다. 돈 좀 써서 머리 제대로 해보고 싶은 사람이라면 이곳에 가겠지만(아니면 역시 손재주 좋은 일본 미용실), 누구나 머리에 몇백 달러씩 선뜻 쓸 수 있는 건 아니니까 자기 나름의 대안을 찾게 된다. 그중에서 미용실에 앉아 있는 시간을 싫어하는 나 같은 사람이라면 대책 없이 기르기를 선택하기 쉽다. 쓰디쓴 경험을 한 사람이라면 더더욱.

대학 때부터 흰머리가 나기 시작하더니 직장 생활 시작한 지 얼마 안 되어 같은 사무실 친구가 내 흰머리 뽑기를 취미로 삼을 만큼 머리가 세기 시작했다. 처음 잡지 편집장이 되었을 때는 '백발 마녀'라는 별명을 얻을 정도로 희끗희끗해졌고(여기서 포인트가 '백발'인지 '마녀'인지는 나를 그렇게 부른 그들만이 알 것이고) 하는 수 없이 일찍부터 염색을 시작했다.

어느 날 사무실 바로 건너(미용실과 헬스장은 무조건 가까워야 한다는 생각)에 있던 단골 헤어숍에 파마를 하러 갔는데, 담당 디자이너가 이러는 거다.

"이제 파마하지 말고 자르기만 합시다. 지금 이런 두피 상태에서 염색과 파마를 다 하는 건 머리를 두 번 죽이는 거예요."

누가 내게 20~30대 여성들에게 인생 선배로서 해주고 싶은 말이 있냐고 물어본다면 나는 주저하지 않고 말할 것이다.

"머리숱을 지키십시오. 지금 숱 많다고 방심하지 말고, 지키라고 하면 닥치고 지키십시오."

커리어고 자기관리고 나발이고 제일 먼저 지켜야 할 것은 머리숱이다. 지금 정수리가 허연 이 선배가 자신 있게 할 수 있는 말은 이것뿐이다.

샤워 커튼을 달다가 욕조에서 미끄러지는 바람에 발가락이 부러져 밖에 나오지 못하는 견가 집에 가던 길이었다. 3가 전철역에서 내려 견가네까지는 여덟 블록 정도를 걸어 올라가야 하는데 중간쯤 다다랐을 때 요란한 입간판이 눈에 들어왔다. 뉴 헤어숍 오픈! 오픈 기념 할인! 염색 40달러!

'뭐라고, 40달러???'

그때까지 동네 폴란드 미용실에서 50달러에 뿌리염색을 하던 나는 눈이 번쩍 뜨였다. 뿌염도 아니고 전체 염색인데 40달러라니!

뭔가에 홀린 듯 헤어숍으로 들어갔다. 미용 의자가 세 개 정도 놓인 아주 작은 헤어숍은 사람들로 꽉 차 있었다. 신장개업이라 그런지 손님이 많네…. 기다리기 싫어 뒤돌아 나오려는데 의자에 각각 앉아 있던 세 여자가 일제히 자리에서 일어나며 "하이!! 하와유?"라고 외쳤다. 아니, 이 작은 미용실에 미용사가 셋이나…? 그들은 나를 자리에 끌어다 앉혔다.

"환영해! 우리 오늘 오픈했어! 네가 첫 손님이야!"

세 사람이 까르르 까르르 웃었다.

서늘한 기분이 들었던 이때 돌아 나왔어야 했으나 나는 이미 가운을 입힘당하고 머리도 잘림당하고 있었다. 디자이너는 하나였고 나머지 둘은 그의 언니들로, 내 머리를 둘러싸고 계속 이래라저래라 훈수를 뒀다. 언니네 미용실에서 독립했나…? 어깨 길이의 머리는 어느새 귀밑 2센티미터의 청담동 사모님 단발이 되어 있었지만, 아 뭐 머리는 금방 자랄 것이고(눈물) 나는 새치만 없애면 되는 거다…. 내 머리색에 맞게 다크 브라운 뿌염이 끝나가고 마음을 놓으려는 찰나, 나이 지긋하고 풍채 좋은 여자분이 위풍당당하게 미용실로 들어섰다.

"오, 손님이 왔네!"

"응 엄마! 염색 손님이야!"

언니에 이어 엄마 등장.

"그래? 흠…."

네 여자가 알 수 없는 언어로 대토론을 벌이기 시작했다.

"헤이 미스, 날씨도 더워지는데 머리 좀 자르고 머리색도 밝게 바꾸면 어때? 지금 네 머리는 너무 까매." 토론이 끝나고 '어머님'이 내게 말했다. "여긴 뉴욕이잖아! 다시 하는 건 추가

요금 받지 않을게. 오픈 기념 선물이야!"

파워 오브 마더. 어머니는 어버버하는 나를 보고 씩 웃더니 딸 미용사를 뒷전으로 밀어내고 미용 장갑을 장착한 뒤 내 머리에 염색약을 다시 바르기 시작했다.

"○○○야, 라디오 좀 틀어라!"

라디오에서 낯선 언어의 음악이 흘러나왔다.

"저건 어디 노래지?"

내가 물었다.

"우크라이나. 우린 모두 우크라이나에서 왔어. 넌?"

"난 한국에서 왔어."

"오 꼬레아! 우리랑 친한 친구 중에도 한국 사람 있는데! 얘들아 이 손님은 쥐영과 고향이 같다!"

옆에서 놀던 언니들도 거들었다.

"오 쥐영과 같은 나라 사람! 한국 음식 너무 맛있어! 쥐영이 킴취치캐랑 불고기랑 해서 우리 집에 자주 놀러 와."

"우리 클래스에도 우크라이나 친구가 있어. 이름이 옥사나인데 코니아일랜드 근처에 살아서 학교까지 너무 멀다고 힘들어해."

"아하, 그 동네에 우크라이나 사람 많지. 거기 조지아(그루지야) 사람도 많고. 거기 맛있는 조지아 치즈빵 식당이 있는데."

"아으니, 그게 뭔데! 거기가 어딘데!"

흑해를 마주하고 있는 우크라이나와 조지아는 구소련의 탄압에서 벗어난 후 반러 감정으로 의기투합한 관계다. 언니들은 조지아 대표 빵 하차푸리Khachapuri에 대해 얘기하며 식당 정보를 줬다. 치즈빵과 지영 씨와 옥사나를 사이에 두고 우크라이나와 조지아와 코리아가 끈끈한 민간외교를 펼치는 동안 내 머리는 노랑과 빨강의 중간계를 달리고 있었다.

어머님은 당장 학부모 회의에서 회장으로 당선될 법한 둥그런 버섯형 세팅으로 내 머리에 힘을 줬다.

"떼 크르라쎄바! 뷰우티풀!"

그의 얼굴은 자부심으로 가득했다. 곧 그 집에서 가족, 친구들과 함께할 오프닝 파티용 조지아 와인까지 한잔 얻어 마시고 문 앞까지 따라 나오는 네 사람의 배웅을 받으며 나는 내 인생 처음이자 마지막 머리 색깔과 모양을 하고 견가네로 향했다.

"아니 엄마! 대체 우리 집에 오는 사이에 무슨 일이 있었던 거야! 진짜 엄마가 돼서 나타나면 어떡해!"

견가가 절뚝거리며 뒤로 넘어갈 듯 웃었다.

"너 조지아 치즈빵이라고 알아? 내가 오늘 머리를 내주고 엄청난 빵을 얻었다."

자존심 강한 세팅 머리는 샴푸 후 바로 사라졌고 밝은 머리

색은 곧 자라날 새치를 은근슬쩍 감춰주는 기특함을 발휘했다. 그런데 며칠 후, 이상하게 얼굴이 가렵기 시작했다. 얼굴에 오돌토돌 뭔가가 돋기 시작하더니 곧 얼굴을 뒤덮었다. 얼굴이 붉은 돼지가 된 건 물론이고 이게 열이 치솟으면서 너무 아팠다. 밤에 샤워를 하면 더 뜨거워지고 따가워서 토너를 바를 수도 없고, 잠조차 잘 수 없었다. 얼음도 소용없었다. 냉장고에 철판 같은 걸 넣어뒀다가 얼굴에 대면서 겨우 버텼다. 나중에는 얼굴 껍질이 벗겨지기 시작했다. 밤마다 뱀이 허물 벗듯 얼굴 껍질을 주욱 벗겨냈다.

이게 대체 무슨 일이야…. 그렇게 두어 달 허물을 벗다가 결국 병원에 갔다.

"흠. 혹시 최근에 헤어숍이나 염색약 같은 거 바꿨니?"

U자형으로 껍질이 벗겨진 얼굴을 보며 의사가 물었다.

"아닌데…? 새 미용실에 가긴 했지만 그건 벌써 두 달도 더 됐는데?"

"이렇게 U자형으로 트러블이 나는 모양새의 대부분이 헤어에서 오는 문제야. 머리카락이랑 닿는 부분에 트러블이 더 심하잖아. 일단 약국에서 코티존 10을 사서 발라. 스테로이드 연고도 처방해줄게."

아, 염색을 두 번 연달아 한 데다 머리색을 밝게 빼려고 무리

한 게 화근이었다. 선생님, 제가 원한 게 아니었습니다…. 세상에 공짜는 없다더니. 결국 붉은 돼지는 석 달 가까이 나를 괴롭히고서야 물러났다. 폴란드 이웃을 배신한 대가를 호되게 치르고 결국 난 다시 동네 폴란드 헤어숍으로 돌아갔다.

나중에 뿜이가 태어나고 맞은 첫 결혼기념일에 동군과 홀리가 코니아일랜드에 가고 싶어 했다. 그곳에서 결혼사진을 찍었는데 이번엔 뿜이도 함께하는 사진을 찍고 싶었기 때문이다. 포토그래퍼 역할을 기꺼이 받아들인 나는 처음으로 코니아일랜드를 찾았다. 코니아일랜드에는 바닷가를 끼고 아주 오래된 놀이동산이 있다. 회전목마 앞에서 이 귀여운 부부가 6개월 된 뿜이를 안은 사진을 찍어주며 괜히 코끝이 시큰했다.

우디 앨런의 〈원더 휠Wonder Wheel〉을 본 사람이라면 느꼈겠지만, 겉보기엔 총천연색 컬러로 가득하나 어쩐지 을씨년스럽고 쓸쓸한 코니아일랜드에서 나는 우크라이나 어머님이 말해준 조지아의 하차푸리 식당 '톤 카페'로 친구들을 데려갔다. 화덕에서 막 나온 보트 모양의 기다랗고 뜨끈뜨끈한 빵 위에는 치즈와 달걀이 얹혀 있었다. 이 달걀을 깨서 치즈빵과 비벼 먹었다. 세상에나, 이렇게 풍요롭고 정직한 탄수화물의 맛이라니.

우크라이나 어머님, 큰절 올립니다. 제가 석 달 고생한 보람이 있네요.

세상에 버릴 것은 없다

어느 날 아침 눈을 뜨고 침대에서 일어나 화장실로 가다가 나도 모르게 "으어어억!" 소리를 질렀다. 화장실 옆 현관 앞에 거대한 탁자가 두 발로 서서 문을 완전히 가리고 있었기 때문이다. 6인용은 될 법한 그 탁자는 좁은 내 방 통로에 제대로 앉아 있지도 못하고 두 발은 들고 두 발은 바닥을 향한 채 세로로 서 있었다. 이게 무슨 일이야, 얜 뭐야…. 뭐긴 뭐냐, 어젯밤에 또 술 처먹고 주워 온 거지.

　나에겐 좀 기괴한 술버릇이 있다. 술을 과하게 마시면 갑자기 시력이 좋아지면서(?) 밤눈이 밝아지고 괴력이 불끈 솟는다. 물론 짐작이다(제정신이 아니니까). 왜 짐작인가 하면, 아침에 눈떠서 제정신이라면 들지도 못할 물건들을 집 안에서 종종 발견하기 때문이다.

처음엔 이 정도는 아니었다. 첫 번째 물건은 회전이란 의무를 상실한 회전의자였다. 나무와 철심으로 만들어져 꽤 묵직했는데 누군가가 망가진 의자에 앉았다가 의자가 앞으로 쏠리는 바람에 크게 다쳐서 버렸을 것으로 추정된다(내가 앉아보다가 당한 일). 의자는 제법 빈티지스럽고 괜찮았다. 당시 유행하던 베드벅을 욕하며 의자를 깨끗이 닦은 뒤 집에서 주체할 수 없는 책을 쌓아두는 장식장 용도로 쓰니 괜찮았다. 다음은 초등학교 아닌 '국민학교'에서 썼을 법한 낡은 의자. 맨해튼에서 견가랑 술을 마시고 신나게 깡충 뛰기를 하다가 버려진 의자를 발견했는데, 갑자기 걔도 불쌍하고 나도 불쌍하고 해서 번쩍 들었다. 가벼웠다. 의자를 들고 집에 가는 전철을 탔다. 전철 바닥에 그 의자를 놓고 앉아서 집까지 가니 너무 편해서 계속 가방처럼 들고 다니고만 싶었다.

어느 날엔 잠에서 깨어 낯선 서랍장을 발견했다. 뭐지, 이 멀쩡한 분은? 6단짜리 서랍장을 집까지 한 번에 옮기지는 못했을 것이다. 어떤 역경을 딛고 이 서랍장님이 우리 집에 왔는지 상상하고 싶지 않다. 그 서랍장은 이사하는 날까지 나와 잘 지냈다. 거대한 라탄 박스, 벽에 기대 쓰는 책장, 책상이 붙어 있는 의자, 벽에 거는 선반, 아일랜드 식탁용 스툴…. 주워 온 가구들이 손바닥만 한 방을 가득 메웠다.

한번은 정말 거대하고 귀여운 토끼 인형을 발견하고 "나랑 자자!" 하며 껴안았는데 옆에 있던 친구들이 일시에 소리쳤다.

"쑤!!!! 베드버어어억!!!!"

당시 뉴욕은 베드벅과 전쟁하느라 난리도 아니었다. 5번가에 있는 나이키 매장까지 문 닫게 했을 정도니까. 난 귀여운 토끼를 바로 잔인하게 발로 차버렸다. 어려서 발야구 주전에 한번도 들지 못했던 저질 발차기 실력은 어디 가고, 거대한 토끼가 전깃줄에 턱 걸리며 축 늘어졌다. 순간 진정한 브루클린인으로 등극했다(고 전해진다. 난 모르는 일이다. 브루클린을 다니다 보면 전깃줄에 매달린 신발, 인형을 수없이 발견할 것이고 그중 제일 큰 것은 내가 올린 것이다).

이 정도 땅거지면 재능이 아닐까 하는 생각이 어느 순간 들기 시작했다. 재능은 써야 맛이다. 그리고 이 재능을 써먹을 뜻밖의 기회가 찾아왔다.

이 얘기를 거슬러 올라가자면 만두로 맺어진 인연부터 꺼내야 한다. 나를 잘 안다면 내가 만두에 환장한 사람이란 걸 모를 수 없다. 왜 우리는 매일 만두를 먹을 수 없는가? 냉동만두가 없던 어린 시절 이 고뇌에 빠져 만둣집에 시집가겠다고 징

징대는 딸을 보며, 엄마는 만두를 한 번에 100개 이상 빚고 쟁반에 척척 쟁여 냉동실에 보관해야 했다. 이효리가 비건이 되고 난 뒤 "아, 만두를 간과했다"라며 살짝 후회했던 얘기를 듣고 난 정말 이효리가 더 좋아졌다. 브루클린 집 냉동고에는 언제나 뉴저지에서 직접 빚은 한국 손만두, 풀무원이나 CJ에서 나온 냉동 물만두와 군만두, 일본 교자, 동네 대만 만둣집에서 사 온 새우만두가 꽉 차 있고, 그중 하나라도 떨어져선 안 됐다. 좀 과장하자면 뉴욕 사는 동안 집밥 저녁의 반은 만두였을 것이다. 어느 정도 좋아하는지 설명하기 위해 작은 예를 들어보겠다. 뉴욕 간 지 얼마 안 돼 길눈이 어두울 때 복잡한 로어이스트 사이드 공원을 찾아간 적이 있는데 오로지 '덤플링 페스티벌'을 보기 위해서였다. 만두 많이 먹기 대회에 출전한 여성 챔피언의 목으로 쉼 없이, 막힘없이 들어가는 만두를 보며 그의 넓은 위와 기도가 부럽고 그 찐만두가 먹고 싶어 침을 흘렸다.

그런 내게 '새해맞이 만두 빚기 잔치'라는 홀리의 제안은 진정 나를 위한 것이었다. 홀리네와 지금처럼 친할 때도 아니고 낯선 사람들도 온다는데 한 치의 주저 없이 15분 거리 홀리 집으로 서둘러 걸어갔다. 그리고 거기서 녕을 처음 만났다.

지금 생각해도 나한테 참 고마운 사람인 녕은 들으면 알 법한 유명 제품들을 만들어낸 브랜딩 회사 대표로, 동군·홀리 부부와는 과거 함께 모 제품 패키지 디자인 등 브랜딩 작업을 함께하며 알게 된 사이이다. 끼리끼리 모인다고, 넝도 동네 주민인 데다 사무실까지 동네에 있었다. 어려서부터 할머니나 엄마가 만두 빚을 때마다 옆에서 열심히 만들었지만 그다지 예쁘게 하지 못해 늘 놀림당했는데, 나이 먹었다고 손맛이 좋아지진 않더라. 넝의 딸인 리마(당시 여섯 살)의 만두만도 못한 나의 쭈글이 만두에 자존심 상해 하면서도 먹기는 제일 열심히 먹었다.

만두로 맺어진 그 소중한 인연은 나중에 디자인 학교를 졸업한 뒤 넝 사무실 인턴으로 이어졌고(인턴이라고 해봤자 집에서 5분 거리 사무실에 걸어가서 밥이나 얻어먹고 오는 식충이거나, 나이 어린 디자이너 친구들을 헛소리와 아재개그로 방해하는 언니. 하여간 별 도움 안 되는 인턴이었음), 수즈굿Sue's Good에 이르게 됐다.

수즈굿. '수는 좋은 사람이야'라는 뜻이거나 뒤에 s를 붙이면 '수의 물건들'일 수도 있는 이 이름은 브루클린 윌리엄스버그에 열었던 팝업숍의 이름이다. 넝 회사 인턴을 끝내고 이제는 프리랜서 식충이가 되어 그 회사 밥을 얻어먹고 있을 때 넝이 이런 제안을 했다. 당시 넝은 윌리엄스버그에 작은 갤러리도 운영하고 있었는데, 전시가 뜸한 겨울에 갤러리에서 뭔가 재미있는 일을 벌여보지 않겠냐는 것이다. 밥값을 하는 것이 사람의 도리이므로 난 이 제안을 덥석 물었다. 근데 뭘 하지?

이때부터 나의 사람 총동원 프로젝트가 시작됐다. 브루클린을 중심으로 한 재능 있는 아티스트 중에서 상업적, 즉 판매용 작업물을 별로 하지 않은 작가들을 들쑤셨다. 뭐라도 만들어봐, 내다 팔아보자. 작은 크래프트 페어도 찾아다녔다. 나 이런 거 하려고 하는데 혹시 참여할랍니까? 한국에 있는 아티스트 친구들에게도 억지를 부렸다. 내놔! 팔 물건을 내놓으라고!

사실 그때까지 가게 이름도 정하지 못한 터였는데 내가 너무너무 아끼는 어린이책 작가 우지현(이 책 표지를 그려준 친구이기도 함)이 어느 날 느닷없이 내 얼굴을 그리고는 위에 Sue's Good이라고 써서 이메일로 보냈다. 힘내라는 뜻의 이 그림은 그대로 브루클린 팝업숍의 이름과 간판이 되었다.

가게를 하기로는 했는데 무슨 물건을 어떻게 배치해야 할지 허둥대기만 하던 중에 오픈이 일주일 앞으로 다가왔다. 패션 디자이너 신에게 무명천을 얻어 동군과 몬을 동원해 돌바닥에 깔고 수즈굿 로고를 그리게 하고, 집에 있던 줍줍 가구들과 녕 사무실에 있는 예쁜 가구들을 미친 듯이 갤러리로 실어 날랐다. 스탬프를 파서 봉투에 도장을 찍고, 재빨리 포장할 수 있도록 종이를 묶는 끈을 사고, 집에 굴러다니던 천들을 동원해 샀

바느질을 해가며 물건들을 비치했다. 술이나 마실까 하고 놀러 왔던 견가는 느닷없이 내게 붙들려 밤새 물건들을 이리 놔봤다 저리 놔봤다 하는 신세가 됐다.

친구들에게 열심히 초대장을 돌리긴 했지만 혹시 사람이 오지 않으면 어쩌나 걱정이 돼서 오픈 전날 잠이 오지 않을 지경이었다. 아냐, 김밥과 닭강정과 술이 있다고 했으니까 그래도 오는 친구들이 있을 거야….

드디어 수즈굿이 문을 여는 날, 걱정과 달리 김밥과 닭강정과 술에 눈이 먼, 아니 그게 아니고 나를 진심으로 걱정하고 격려하고 싶어 하는 친구들이 몰려왔다. 오라고는 했으나 설마 여기까지 올까 싶은 친구들까지, 정말 눈물 나게 찾아와 주었다. 이렇게 판을 벌여놓았더니 자기들끼리 친구를 맺기도 하고, 오랫동안 서로 못 만났다가 엉뚱한 수즈굿에서 마주치고 놀라며 ("아니 현수/수언니/수누나/실장/(그냥) 수를 어떻게 알아?") 나를 중간에 둔 인연을 신기해했다. 나이가 들어 좋은 점 중 하나는 이런 거구나 싶었다. 나이만큼 사람이 많아지면 그들을 묶어줄 수 있다는 것. 그렇게 해서 그들끼리 나보다 더 좋은 관계를 이어간다면 이 또한 한편으론 섭섭하면서도 기쁜 일이다.

"뭐야, 마더 테레 '수'야?"

착한 척하는 나의 속내를 간파하고 신이 말한다. 에이 그래,

까놓고 말할게, 나보다 더 친해지진 마, 하하.

사람에 대한 욕심과 남이 버린 물건에 대한 욕심은 수즈굿을 브루클린에서 2년이나 하게끔 했다. 그동안 혼자 가게를 지키는 내가 안쓰러워서든 낮술이 땡겨서든, 많은 친구가 술병과 간식을 들고 와서 한낮의 가게를 술집으로 만들어버리기 일쑤였다. 그러다가 손님이 들어오면 "와하하하 쏘리, 원 썸?" 하며 물건보다 술 권하는 가게가 되기도 했다.

처음 수즈굿을 열었을 때 온 가게를 기어 다니며 내복으로 바닥을 청소하던 뿜이는 수즈굿에서 돌을 맞았고, 또다시 돌잔치용 닭강정과 김밥에 눈이 먼 많은 친구로 일요일 가게가 터져나갔다. 돌 지나 걷기 시작한 뿜이는 후에 자기 발로 뒤뚱뒤뚱 걸어 손님에게 다가가 자기가 좋아하는 물건을 강매하는, 세상에서 제일 귀여운 판매 사원이 됐다.

수즈굿 문 앞에서 내가 주워 온 의자에 앉아 귀신 꼬마들에게 초콜릿을 나눠주던 핼러윈데이, 길 앞으로 지나가는 마라토너를 목 터져라 응원했던 뉴욕 마라톤 데이, 질 나쁜 컬러 프린터로 인쇄한 100불짜리 위조지폐를 내밀며 거슬러달라고 하던 손님, 느닷없이 술 안주를 만들어 온 수경, 가끔 화이트 와인을 들고 가게에 오던 인영, 그런 인영이 데려온 예쁜 실비아에게 수즈굿에 앉아 뜨개질을 배우던 날, 귀여운 쌍둥이를 데리고 가게에 들어와 "안녕하세요, 저 동군네 작업실 같이 쓰는 윤지코 친구예요"라던 라미리와 첨 만난 날, 폭설로 손님이 없어 눈만 보던 날, 이유 없이 멍하니 음악을 들으며 밖을 보던 날, 수즈굿의 마지막 날 친구들이 몰려와 함께 마지막 셔터를 내려주고는 그동안 애썼다며 베트남 식당에 데려가 맥주를 사주던 밤. 춥고도 따뜻했던 시간들.

　며칠 전 인스타 스토리에 5년 전 수즈굿에 앉아 뜨개질하던 사진이 올라왔다. 실비아 미안, 그때 그 목도리는 아직도 완성 못 했어….

댄서의 순정

한 학년에 스무 반, 한 반에 학생이 80명씩이나 되어 오전반과 오후반이 있던 초등학교에 다니다가 2학년 때 먼 동네로 이사 갔더니 별천지였다. 전체 다섯 반, 60명이 채 안 되고 무엇보다 특별활동이라는 게 있었다. 이전 학교에서 방과 후 대청소(집에서 만들어 온 걸레와 말표 왁스로 마룻바닥 닦기 등) 말고는 뭘 해본 적이 없는 나는 무슨 취미반에 들어야 할지 너무 당황했다. 선생님은 "그냥 너 하고 싶은 거 하면 돼"라고 했다.

"무용반도요?"

학교에 춤 연습실이 있었다. 학교 대항 무슨 한국무용, 발레 대회 같은 데도 나가는 모양이었다. 난 발레반에 등록했다. 잘 모르지만 춤추는 게 재미있을 것 같아서였다. 문제는 토슈즈와 발레복이었다. 엄마한테 어렵게 얘기했는데 그다지 좋아하지 않았다. 엄마는 좀 하다 말겠지 하면서 토슈즈와 빨간 여름 발레복을 사줬다.

초등학교 2학년이 발레를 하면 뭘 얼마나 하겠는가마는, 그 방과 후 수업은 정말 재미있었다. 나의 가장 오랜 친구 레아도 거기서 만났다. 그러다가 겨울이 왔다. 친구들이 검은색 발레복으로 갈아입었다. 내가 발레 배우는 걸 엄마가 좋아하지 않는다는 것을 알고 있었기 때문에 동복을 사달라고 말하지 못했다. 검은 발레복 친구들 사이에서 혼자 반소매 빨간 옷을 입고 눈에 띄게 춤을 못 추던 나는 결국 부끄럽기도 하고 춥기도 해서 발레반을 그만뒀다.

그 잠깐의 발레 때문은 아니겠지만 나는 거대한 알통과 튼튼한 다리를 얻고는 나이 들어서까지 "발레 했어?" "육상 했어?"란 얘기를 들었다. 내가 "응. 했어"라고 답하면 다들 이랬다.

"아, 그래서 그렇구나…."

이 말은 '그래서 춤을 좋아하는구나'라는 뜻이다('다리가 굵구나'인 줄 알았습니까? 물론 그것도 맞다, 에라이). 춤을 좋아한다. 시도 때도 없이 춤을 추는 버릇은 내 친구라면 다 안다. 문제는 그 좋아하는 마음에 비해 몸이 따르지 못한다는 것이다.

돌이켜보면 반년 배우다 만 발레 말고도 나의 (막)춤 역사는 길다. 여느 중고생과 마찬가지로 나 또한 영화 〈써니〉에서처럼 학교 지하실, 건물 뒤, 친구 집 등을 전전하며 아무 음악에나 맞춰 아무 춤이나 추던 시절이 있었고, 경주 수학여행 때 불국사고 석굴암이고 뭐고 오밤중에 5,000원짜리 복숭아 샴페인 한 모금에 취해 이 방 저 방 맨발로 돌아다니며 동서남북 찌르는 데 심취하던 시절(디스코 아십니까)도 있었으며, 빈궁한 대학 시절에는 돈 좀 벌겠다고 고팅(고딩 아님. 당시 고고장이라고 불리던 나이트클럽이 낮에 영업하지 않는 것을 이용해 클럽을 빌려 입장료보다 싼 티켓을 팔면 거기서 만난 사람들끼리 미팅을 하곤 했는데, 이를 고팅이라고 한다—출처 '으르신 사전') 티켓을 팔며 그 핑계로 대낮부터 클럽에 들어가 있곤 했다. 여유가 생기면 2,000원짜리 싸구려 신촌 나이트클럽('우산속' '벤츠280' '콜로세움' 등 가격도 이름도 분위기도 저렴한 클럽이 대학가에 성행했다)에 가기도 했다. 서슬이 퍼렇던 시대에 "아씨, 오늘 최루가스 너무 뒤집어썼어, 다 털어버려!" 하는 치기조차 낭만처럼 느껴지던 때였다.

그러다가 직장 생활을 시작하면서 춤과 멀어졌다. 회사 분위기가 썰렁해 막춤 추며 놀 분위기도 아니었지만, 직장 초창기에 남자 상사 중 '블루스 타임'만 노리는 혐오 하이에나 족속을 겪고 나니 춤맛이 딱 떨어졌다. 그러는 사이 클럽은 즐겁게 춤추는 곳이 아니라 무슨 짝짓기의 장처럼 변해갔고, 마감에 시달리며 찌르기 춤은커녕 손가락 들 힘조차 없던 직장인에겐 차라리 다행이었다.

이 춤바람이 다시 눈을 뜬 건 뉴욕으로 건너간 후부터다. 쓰레기들과 발악하며 싸울 필요도 없고("야, 그깟 블루스에 뭘 그리 큰일 난 것처럼 난리 블루스냐? 하여튼 예쁘지도 않은 게 혼자 유난은 다 떨지" 같은 개소리) 직장 상사로서 별것 아닌 체면치레를 할 필요도 없어지자, 어느 날 나도 모르게 두둠칫거리고 있었다. 몸이 열정을 따라가지 못하는 데다가 나이 들어 관절까지 삐걱대는 사람으로서, 나의 춤은 곧잘 야유와 비웃음과 혀 끌끌을 동반했지만 이상하게도 이런 나를 말리는 친구는 없었다. 이건 분명 못 말린 게 아니라 안 말리는 것이었다. 저 여자가 왜 저러는지 이해하겠다는 듯이.

굳이 발단을 끄집어내자면 이랬다. 밤 12시가 넘은 어느 날, 유니언 스퀘어 전철역에서 배차 간격이 길어진 전철을 기다리고 있는데 어디선가 갑자기 두둥두둥 두두둥 그 유명한 반주가 울리기 시작했다.

"My first, my last, my everything…."

아아악! 배리 화이트! 나는 배리 화이트를 계속 환각으로 보는 앨리(미드 〈앨리 맥빌〉의 주인공)처럼 노래에 이끌려 갔고 그건 나뿐만이 아니었다. 플랫폼에 있던 사람들이 기타를 치며 노래를 부르는 사람 주위로 몰려들었다.

"You are my sun(떼창: sun!), my moon(떼창: moon!), my guiding star…."

사람들은 어느덧 노래를 따라 부르며 춤을 추기 시작했다. 밤 12시 30분, 오지 않는 전철을 기다리는 사람들(나 포함)이 술 오른 얼굴로 서로 눈 맞추며 부르는 떼창과 마주 보며 들썩이는 춤은 호쾌한 거리 가수의 다음 노래로, 또 다음 노래로 이어졌다. 그리고 드디어 전철이 왔을 때, 모두 아무 일 없었다는 듯이 전철 안으로 빨려 들어갔다.

한 번이 어렵지, 그 뒤로 나는 어디선가, 심지어 머릿속에서 좋아하는 음악이 울리고 그게 내 속의 뭔가를 때리면 춤을 추기 시작했다. 어느 무더운 여름 저녁 장을 보고 집으로 가는데 집 근처 바에서 문을 활짝 열고 누구는 마시고 누구는 흔들고 있으면 나도 한 손엔 맥주, 한 손엔 대파가 담긴 장바구니를 들고 흔들거리다가 집으로 돌아왔다. 전철에서 내려 첫 번째 피자집에서 좋은 노래가 나오면 피자도 먹을 겸 들러서 건들거렸다. 뭐 어때. 내 맘이지.

설, 추석 같은 명절에 친구들을 살뜰히 챙기는 라미리 덕에 인영네서 신지, 민수, 베비리, 유미 등등이 모였을 때, 플러싱에서 공수한 회에 술을 마시다 보니 보름달이 휘영청 떠올랐다.

〈달아 달아〉 한 가락이 자연스레 뽑히면서 황진이 춤이 절로 났다. 부채 어딨니! 뿜이네가 첫 하와이 여행 직후 "나 돌아갈래!"를 외치며 후유증에 시달리다가 결국 스팸 무수비와 갈릭 새우를 만들어 잡초 무성한 집 뒷마당에서 꽃무늬 옷들을 떨쳐입고 하와이 파티를 열었을 땐 "오늘 밤 주인공은 나야 나! 나야 나!"에 맞춰 훌라를 췄다(〈프로듀스 101〉 한창 할 때였음). 스페인 여행에서 돌아온 날이 때마침 미 독립기념일이라 시차에 해롱대며 뿜이네 옥상에서 고기를 구웠는데, 그 무더운 7월 4일에 때마침(?) 내 손에 빨간 플라멩코 부채가 들려 있어서 "올레! 볼레리야 볼레리야~" 외치며 국적 잃은 춤을 췄다. 어느 날은 술 마시며 웨스트 빌리지에 있는 싱얼롱 바의 떼창에 동참하기 위해 〈사운드 오브 뮤직〉 레퍼토리들을 연습하다가 유사 발레를 췄다. 이렇게 아무 맥락 없는 상황과 노래와 춤의 날들이 쌓이다 보니, 술에 취해 춤을 추는 건지 춤을 추고 싶어 술에 취하는 건지 전후가 헷갈릴 정도였다.

그냥 좋은 거다, 술이 주는 핑계가. 속에 무언가가 응어리져 있는데 미칠 시간도 자신도 없으니 에라 모르겠다, 털어버려! 가슴도 못 털고 트월킹도 안 되지만 아무거나 막 털면 뭐라도 털리겠지. 어차피 부끄러움은 나의 몫이 아니다. 나는 내 춤을 못 보니까.

대체 뭐가 그동안 나를 눈치 보게, 주눅 들게 해서 이 짓도 못 하고 살았나. 뭔가에 짓눌렸다가 해방된 느낌이었다. 나 하고 싶은 대로 하고 살았다고 생각했지만, 이 별것 아닌 작은 일에서조차 나는 자유롭지 못했다. 사회에서 자리가, 여자로서 모습이, 나이 든 사람으로서 자세가, 굳이 눈치 볼 필요 없는 많은 것이 나도 모르는 사이에 나를 자근자근 밟고 있었던 것이다. 그게 한번 터지니 걷잡을 수가 없었다. 그리고 이제 나는 술 마시다가 친구들에게 "슬슬 춤출 때가 됐는데…?"라는 말을 듣는 사람이 되었다.

잘하지 못하지만 좋아한다는 이유만으로 무작정 하는 것. 우리에게 이런 것들이 얼마나 주어질까? 거창한 꿈과 계획과 실현으로 이어지지 않더라도, 그냥 좋아한다는 이유만으로 무언가 하면 안 되는 걸까? 춤을 좋아한다고 하면 방송댄스 학원이라도 다녀서 기본기를 다지고 〈넥스트 레벨〉의 디글 자 꺾기 정도는 마스터한 뒤 세상에 나와야 하나? 몸 따로 마음 따로 관광버스 춤은 정말 안 되는 거야? 아니, 춤이 아니더라도 뭐든 말이다.

코로나가 터지고 뉴욕이 셧다운되어 좁은 방에서 날짜만 죽이던 날이었다. 하루에 열 걸음도 걷지 않은 채 너무 오랜 시간이 지나자 정말 온 마디마디가 아프기 시작했다. 운동이나 좀 해볼까 하고 유튜브를 검색하다가 어떤 댄스 강사가 노래 몇 곡을 편집해서 만든 15분짜리 댄스 영상으로 흘러들었다. 뭐야 이건. 에드 시런이 나오더니 갑자기 모모랜드의 〈뿜뿜〉 춤에서 리키 마틴으로 넘어가고 홍진영의 〈따르릉〉, 김연자의 〈아모르 파티〉가 뒤섞인 정체불명 15분 댄스의 대향연에 입이 떡 벌어졌다. 이 믹싱, 어이가 없네…. 그러면서 나는 어느새 깡충 뛰기와 함께 팔을 S자로 내리며 "따르릉따르릉 내가 니 누나야"를 따라 하고 있었다. 15분짜리를 두 번 돌려 30분, 어느새 점심 먹을 시간. 먹히지 않는 밥을 꾸역꾸역 입에 넣고 또 에드 시런, 리키 마틴, 모모랜드, 김연자….

하루 운동량을 채웠다는 뿌듯함으로 저녁 창가에 앉으면, '공식적으로' 오늘의 술을 마실 시간이었다. 잘 췄다, 오늘도 잘 버텼어.

덧 1. 그후 나를 구하러 온 동군의 차를 타고 뿜이네에 합숙을 하러 가서 모모랜드의 〈뿜뿜〉 춤 발표회를 가졌다. 물론 눈 뜨고 못 볼 광경이었다고 전해진다.

덧 2. 며칠 전, 황당한 물건이 떨어지면서 넷째 발가락이 부러졌다. 친구들의 반응은 이랬다. "이제 당분간 춤추는 건 못 보겠네." 어째 좋아하는 눈치였다.

돈나돈나 마돈나

한번 좋아하기 시작하면 웬만해선 마음을 접지 않는 우직함이 있다. 초등학교도 들어가기 전부터 좋아한 장미희 님이라든지 (드라마 〈결혼행진곡〉에서 장미희 님을 버리고 안옥희 배우에게 간 한진희 아저씨를 원망했던 어린 마음 따위)…. 마돈나도 그렇다.

좀 많이 거슬러 올라가야겠다. 지금에야 흔해 빠지고 유튜브로 쉽게 볼 수 있는 게 뮤직비디오지만 내가 어렸을 땐 뮤직비디오라는 개념도 별로 없었다. 그냥 가수가 바바리코트 입고 갈대밭을 걷다가 갈대 하나 꺾어 먼 산을 쳐다보면 그만이었지.

어느 날, 레아가 동네에 새로 송죽매라는 일식집이 생겼는데 거기서 우리가 좋아하던 듀란듀란의 노래를 TV로 틀어준다고 난리가 났다. 존 테일러의 (울 학교) 공식 연인으로서 이

소리를 들은 내가 가만있을 수는 없었다. 자, 600원을 모아! 그 일식집에서 제일 싼 음식이 600원짜리 우동이었고 우리는 분식점 라면의 몇 배가 넘는 우동을 먹기 위해, 아니 존 테일러가 노래하는 것을 TV로 보기 위해 돈을 모아 연신내로 향했다.

학교가 끝난 어중간한 시간, 점심도 저녁도 아닌 일식집엔 당연히 손님이 하나도 없었고, 분식점에서 떡볶이 아닌 쫄면을 먹는 게 최고 사치인 네 애송이가 '으른'의 식당에서 비싼 우동 두 그릇을 놓고 사장님이 뮤비 틀어주길 기다렸다. 지금 생각해보면 사장님은 맘도 참 좋았다. 음식을 머릿수대로 시키지도 않는, 이 머리에 피도 안 마른 애들이 뭐 그리 달갑다고 우리 부탁대로 무심한 듯 비디오를 틀어줬다. 심장 벌렁거리는 듀란듀란, 프린스, 티나 터너 등등의 뮤비가 지나가고, 마돈나가 등장했다. 〈보더라인Borderline〉. 처음 듣는 노래였다. 어딘지 마음을 찌르르하게 하는 멜로디도 기가 막히거니와, 검정 가죽 바이커 재킷에 흰 티셔츠, 배바지 차림으로 발차기를 하거나, 스프레이를 들고서 새끈한 포토 스튜디오에 낙서질을 하는 마돈나 언니를 보고 나는 우동 가락을 흘릴 정도로 충격받았다. 언니!!!!!!!! 그때부터 마돈나는 마 최애 돈나가 됐다.

뮤직비디오가 흔해지고 비디오에서 레이저 디스크와 DVD 시절로 접어들던 무렵의 어느 날, 어떤 그룹 미팅 자리에서 좋아하는 가수에 대한 얘기가 나왔다. 에릭 클랩튼, U2, 핑크 플로이드 등 남자들이 뻐기듯 내세우는 가수들이 지나가고 내 차례가 되었을 때 "마돈나요"라고 말하자 분위기가 짜게 식었다. 남자들이 비웃었다.

"마돈나요? 으하하하하. 왜 그런 여자를?"

내가 말했다.

"왜라는 질문은 왜죠?"

한 남자가 말했다.

"마돈나는 음악성을 논할 수 있는 가수가 아니잖아요. 포르노 사진집이나 내고…."

순간 나는 부들부들 떨며 당장 밥상이라도 엎을 기세로 말했다.

"마돈나에 대해 댁이 뭘 알아? 라이커 버진 헤이? 그리고 『Sex』는 포르노 사진집이 아니라고오!"

당대에 훌륭한 가수가 많았지만 마돈나는 그들과 또 다른 지점에 있었다. 상투적 표현을 빌리자면, 아티스트로서 가치전복적인 면모는 엘턴 존이 마돈나가 그래미를 받을 자격이 없다고 비웃을 정도의 가창력을 뛰어넘는 무엇이 있었다. 언제나 마돈나는 우리가 생각하지 못하는 어느 지점에 이미 앞서가고 있었다. 그에 대한 당시의 많은 비아냥이 후대에서 꺾이는 것을 오래도록 목격한 사람으로서, 다른 것은 차치하고 마돈나가 여성, 젠더, 인종 이슈에 누구보다 늘 앞서 있었다는 것은 분명히 말할 수 있다. 포토그래퍼 스티븐 마이젤과 함께 낸 사진집 『Sex』조차 논쟁의 여지는 있지만 마돈나가 말한 대로 "섹스라는 매개체를 통해 사람들을 모든 정신적 억압으로부터 해방"시키고자 한 점은 인정해야 한다. 데뷔하면서부터 노래 제목 〈익스프레스 유어셀프Express yourself〉처럼 자신을 있는 그대로 표현하라고 부추겼던 마돈나는 『Sex』에서 '우리는 섹슈얼리티에 대해 왜 부끄러워하는가?'라고 묻는다. 왜, 마이클 잭슨의 '꼬만춤'은 섹시한 거고 마돈나의 '보만춤'은 천박한 거니? 마돈나는 자신의 노래 〈휴먼 네이처Human nature〉에서 말한다.

"내가 뭐 틀린 말 했어? 어므, 섹스 얘기 하면 안 되는 줄 몰랐네. 근데 내가 미안할 게 뭐 있어, 섹스는 인간 본능인데(Did I say something wrong? Oops, I didn't know I couldn't talk about sex. And I'm not sorry. It's human nature)."

성인이 되어 좋은 점 중 하나는, 끝끝내 한국에 와주지 않는 마돈나의 공연을 보기 위해 오사카에 갈 수 있는 것이라고 생각했다(거대한 십자가에 박힌 마돈나가 등장해 교황청으로부터 경고를 받은 그 공연). 뉴욕으로 건너가면서 좋은 점 중 하나는, 이제 마돈나의 공연을 무리하지 않고(오사카 공연 티켓을 구하기 위해 정신적·금전적으로 너무 무리했음) 갈 수 있는 것이라고 생각했다.

그리고 올 것이 왔다. 2012년 마돈나가 슈퍼볼 결승전 하프 타임 쇼 무대에 서게 된 것이다! 물론 내가 슈퍼볼이라는 어마 어마한 경기를 오로지 마돈나 10분 남짓 보겠다고 갈 수는 없 고, 슈퍼볼 중계해주는 곳을 찾아야 했다(당시 집 TV가 나오지 않 았음). 다행히 옆집 바에 '다 같이 슈퍼볼 보자!'라는 입간판이 걸렸다. 오 바로 이거야. 혹시 자리가 없을까 봐 일찌감치 가서 바에 눌러앉아 맥주를 마시기 시작했다. 테이블마다 하이네켄 과 버드와이저가 짝으로 들락날락하고 터치볼(아는 용어가 이것 밖에 없음) 어쩌고 하는 순간마다 술집이 함성으로 들썩일 때, 어차피 봐도 모르는 경기엔 눈도 돌리지 않고 술만 홀짝였다.

그리고 하프타임. 로마 전사들이 발 딱딱 맞춰 걸어 나오고 마돈나 언니가 "Strike a pose" 한마디 읊조리는 순간, 그러니까 술집에 있던 모두가 스크린에서 테이블에 있는 술병으로 눈을 돌리는 그 순간, 나는 "꺄아아아악!!!!!" 소리를 지르며 펄쩍펄 쩍 뛰기 시작했다. 이제 너희는 술이나 마셔, 이건 내 시간이 야. 누군가가 "마돈나도 늙었네, 춤추면서 비틀거리는 거 봐" 라고 한다. "셔럽! 닥쳐!!!!!!! 마 돈 나 이즈 싱잉!!!"

그리고 드디어 대망의 2015년 9월 23일, 매디슨 스퀘어 가 든에서 마돈나의 '레벨 하트Rebel Heart' 투어 공연이 열린다고 했다. 흥분해 미쳐 날뛰는 나와 달리, 친한 친구들은 별 반응이 없었다. 아리아나 그란데나 케이티 페리를 좋아하는 어린 친구들에게 당시 쉰일곱 살이었던 마돈나는 그냥 흘러간 할머니였기 때문이다. 그래도 마돈나인데? 혼자 가야 하나…. 아오, 마돈나는 같이 춤추고 노래 따라 부르며 보는 맛인데.

"우리가 같이 가줄까?"

가끔 만나 술 마시다 말고 8090 댄스 음악(쟈가쟈가짠짠, 런! 던! 나잇!)을 틀며 춤판을 벌이던 게이 친구들이 말했다. 나보다는 어리지만 그들 세대에게도 마돈나는 '우상'이었고 팬심의 역사도 길었다. 뜻밖의 제안에 나는 땡큐를 외치며 미친 듯이 표를 구하기 시작했다. 좋은 자리는 물론 이미 다 나가고 없었다. 음 뒷자리의 매력은 좀 싸다는 데 있고…. 그리고 어디서 본들 어떤가, 마돈나인데.

공연의 시작은 마돈나 숭배식부터다. 8시 공연을 앞두고 우리는 대낮부터 친구네에 모여 지금까지 마돈나의 모든 공연을 복기하며 미친 듯이 술을 마시고 춤을 췄다. 준비운동도 할 만큼 했겠다, 알딸딸해진 우리는 걸어서 매디슨 스퀘어 가든으로 향했다.

나이 들어도 폭발적이고 지치지 않는(내 눈에는) 마돈나의 열정과 언제나 누구보다 앞서가는 무대 연출, 노래 하나하나 부를 때마다 감격해서 눈물이 날 지경이었다. 공연이 끝나갈 즈음 마돈나가 관객 하나를 무대로 불러 올렸다. 당장 죽어도 좋다는 표정과 몸짓을 보이는 그에게 마돈나가 말했다.

"너 게이지?"

"응!"

"그럼 당당히 말하라고, 나는 게이다!"

"나는 게이다아아아!!!"

이후 2015년은 미 전역의 연방대법원에서 동성결혼이 합법화된 역사적인 해가 되었다.

그다음 해인가, 뉴욕 LGBTQ 역사상 항쟁의 상징인 스톤월 앞을 지나다가 '마돈나 나이트'를 한다는 포스터를 발견했다. 나와 마돈나 공연을 가지 않은 친구들에게 죄책감을 심어주며 친구들을 끌고 스톤월에 갔다. 물론 마돈나가 거기 올 리는 없고(전혀 기대하지 않았다면 거짓말), 드래그 퀸 언니들이 마돈나의 히트곡들을 불러주는 가운데, 나는 맥주를 들고 빙글빙글 돌며 부흥회에 온 광신도가 되어 무대 앞으로 다가갔다. 언니, 나를 무대 위로 올려! 냐야 나, 수돈나! 저 뒤에 그냥 춤추러 온 사람들과 달라! 나는 찐팬이야! 하지만 그들이 관광버스 춤이나 추는 나를 올려줄 리 만무했고…. 저쪽에서 놀던 어떤 남자가 내 친구 중 하나에게 귓속말로 "혹시 네 친구, 베라 왕 아니니? 맞지?"라고 했다는 말만 전설처럼 전해진다(베라 왕이나 나나 귀신살스럽게 앞가르마 좍 가른 긴 머리를 휘날리고 있던 때라 컴컴한 클럽에서 착각한 듯. 하여간 그 후로 '베라 수'라는 별명도 얻었다).

베라 왕 님, 혹시 '그리니치 빌리지에서 미친년처럼 놀더라' 란 소문에 휩싸였다면 베리베리 왕 미안합니다.

몬트리올에 간 사연

굉장히 오랜 인연에다 한번 온라인 수다를 떨기 시작하면 밤을 새울 정도로 친한(적어도 나는 친하다고 생각함. 하하) 철은 내가 뉴욕에 가기 훨씬 전부터 캐나다 토론토에서 살았다. 내가 뉴욕에 간단 얘기를 듣고 같은 북미권이라며 좋아했고, 내가 다른 데 여행을 가거나 한국에 잠시 가 있으면 같은 북미권을 떠난다는 이유만으로 서운해했다. 그런데 웃긴 것은, 철이 뉴욕에 놀러 오기 전까지는 그 오랜 친분의 시간에도 불구하고 서로 한 번도 실제로 얼굴을 본 적이 없었다는 점이다.

내가 좋아하는 아주 오랜 친구 조동섭 선배(네, 『빅 픽처』 『싱글맨』 『브로크백 마운틴』의 그 유명한 번역가 조동섭 선생님 맞습니다)를 통해 이글루스와 네이버 블로그로 알게 되어 트위터로 인연을 이어간(소리 질러 트잉여들!) 철과 나는 자주 접선 장소를 모색하곤 했는데, 물망에 오른 곳은 주로 몬트리올이었다.

"토론토 와봤자 할 게 없어. 중간 몬트리올에서 만납시다."

하지만 그 작전은 실행되지 못했고 결국 철이 한 번은 놀러, 한 번은 일하러 그렇게 두 번 뉴욕에 온 덕에 드디어 극적인 상봉을 하게 됐다.

"자꾸 이렇게 뉴욕서 만나면 난 몬트리올은 언제 가? 이러다 영원히 못 가는 거 아냐?"

미국 밖에서 비행기 아닌 대중교통(고속버스, 기차 등)으로 제일 쉽게 갈 수 있는 외국 여행지가 몬트리올이라 나 빼고 주변 친구들 모두 몬트리올에 한두 번은 다녀왔는데 이상하게 나와는 인연이 닿지 않았다. 그러던 어느 날 정말 생각지도 못한 기회가 찾아왔다.

몬트리올 전에 우선 아이슬란드 얘기부터 해야겠다.

"선배, 아이슬란드 안 갈래?"

잡지사 후배이자 친구인 진영이 말했다. 진영의 뉴욕 출장 때 같이 돌아다닌 적은 있어도 여행다운 여행을 길게 같이 가본 적은 없었던 데다, 무엇보다 아이슬란드는 당시 나의 여행 리스트에 아예 존재하지도 않았다. 하지만 대자연에 그다지 관심 없고 힘든 여행보다는 바쁜 도시나 누워 있는 휴가지를 좋아했던 철저 도시형 인간이 이 제안에 두 번 생각 않고 바로 오케이한 데는 이유가 있었다. 사실 그곳이 어디라도 상관없었다. 오래도록 깊은 애정을 갖고 만들었던 〈얼루어Allure〉 매거진 편집장을 내려놓기로 결심하고 새 출발을 하기 전 떠나는 진영의 첫 여행이었기 때문이다. 그동안 고생했다, 수고했다며 진영과 진하게 술을 마시고 싶었다.

당시 아이슬란드는 뉴욕 관광객을 끌어 오려고 꽤나 열심이었는지 전철만 타면 아이슬란딕 에어 광고가 보였고 꽤 적당한 가격의 직항편을 제공하고 있었다. 물가가 어마어마하단 얘기는 들었지만 취사가 가능한 숙소들을 잡았으므로 먹을 걱정은 없었다. 오히려 걱정이 있다면 술이었다. 한 마을에 집 한 채 이런 식인 아이슬란드에서 과연 술 공급이 원활할 것인가. 우리 머릿속을 꿰뚫고 있는 황선우가 아이슬란드 여행 선배로서 말했다.

"빈부딘(아이슬란드 리쿼 체인점) 위치를 미리 체크해. 빈부딘이 보이면 무조건 들어가는 거야. 술을 쟁여!"

아이슬란드가 얼마나 좋았는지, 이후 나의 여행과 나를 어떻게 바꾸어놓았는지 굳이 여기서 말하진 않겠다. 세이디스피요르드라는 작은 마을로 이어지는 굽이진 길에 대한 기억 때문에 나는 〈월터의 상상은 현실이 된다〉란 영화에서 벤 스틸러가 스케이트보드를 타고 내려오는 장면을 수십 번도 더 돌려봤고, 이전엔 관심 없던 데이비드 보위와 호세 곤잘레스를 사랑하게 됐다. 이후 브루클린 뮤지엄에서 열린 데이비드 보위 특별전을 몇 번이나 간 이유도, 그곳 〈스페이스 오디티Space Oddity〉가 흘러나오는 공간에서 발을 떼지 못한 이유도, 호세 곤잘레스를 보기 위해 뉴욕 할렘에 있는 아폴로 극장에 간 이유도, 다 아이슬란드 때문이다.

그런데 몬트리올은 대체 언제 가냐고? 거의 다 왔다.

아폴로 극장을 아는지? 아니 그전에 AFKN에 대해 들어봤는지? 'American Forces Korean Network'의 약자로 주한 미군 네트워크, 즉 한국에 주둔하는 미군을 위한 방송을 말한다. 이게 AFN으로 바뀌었다가 이제 미군 외엔 볼 수 없게 되었지만 과거 KBS, MBC, 쓴 역사를 안고 사라진 TBC 정도의 TV 방송국만 있던 시절 AFKN이 집 TV에 나오는 바람에 드문 '미제 프로'를 집에서 볼 수 있었다. 내가 TV 보는 건 싫어하셨지만 AFKN 보는 건 왠지 좋아하셨던 엄마 덕에(혹시나 영어 공부가 거저 얻어걸릴까 하여?) 어려서 AFKN을 꽤나 봤는데, 전설의 〈소울 트레인〉이나 〈자니 카슨 쇼〉도 기억에 남지만 〈아폴로〉

라는 쇼가 너무나 인상적이었다.

당시엔 어디 있는지도 모르는 아폴로라는 극장에서 매주 수요일마다 '아마추어 나이트'라는 게 열린다. 지금으로 따지자면 〈아메리카 갓 탤런트〉 같은 아마추어 춤·노래 경연 대회라고 보면 되는데, 차이라면 이 쇼엔 사이먼 같은 심사위원 없이 관객 모두가 심사위원이라는 것이다. 아마추어의 노래가 마음에 들면 환호와 박수를, 실력이 부족한 사람에게는 가차 없이 비난과 야유를 퍼붓는다. 〈전국노래자랑〉의 '땡'처럼, 사이렌이 울리면서 광대가 등장하면 출연자더러 퇴장하란 뜻이다. 엘라 피츠제럴드나 지미 헨드릭스도 이 쇼를 거쳐 갔다고 하는데 하여튼 어린 내게 그런 실력자를 알아볼 재능이 있을 리는 없고, 그냥 관객의 환호와 야유 사이를 오가며 즐겼다. 후에 이 아폴로 극장이 뉴욕 할렘에 있고 지금도 아프리칸-아메리칸 신인 아티스트의 등용문이 되고 있으며 좋은 공연이 많이 열린다는 걸 알게 됐다. 자연스럽게 아폴로 극장에 한번 가보고 싶다는 꿈으로 이어졌다. 아, 물론 아마추어 출연자가 아니라 관객으로.

하지만 아폴로 극장에 갈 기회는 좀처럼 오지 않았다. 뉴욕에 가면 브로드웨이와 오프 브로드웨이 연극을 넘치도록 보고 내가 좋아하는 뮤지션의 콘서트를 열심히 갈 줄 알았건만 막

상 뉴욕에 있는 것이 '삶'이 되니 그렇지 않았다.

하지만 신호는 좀 달랐다. NYU 시나리오과 교수인 신호는 영화는 물론이고 연극, 무용, 음악 공연을 가는 게 일이자 취미라 늘 뭔가를 보러 다녔다. 거기에 가끔 나도 끼어들었다.

아이슬란드에 다녀온 후 호세 곤잘레스 음악만 온종일 듣던 어느 날, 이럴 게 아니라 공연을 보러 가야겠다는 생각이 들어 검색해봤다. 마치 운명처럼 얼마 안 있어 호세 곤잘레스가 뉴욕에서 공연한다는 소식이 올라와 있었다. 이럴 수가! 날짜와 공연장을 찾아봤다. 아폴로 극장이었다. 이럴 수가, 이럴 수가! 신호에게 연락했다.

"나 호세 곤잘레스 가야 해! 무조건 가자!"

신호가 곤잘레스를 좋아하는지 어떤지 묻지 않았다. 분명 좋아하게 될 테니까.

호세 곤잘레스보다 아폴로 극장에 더 설렜는지도 모르겠다. 극장 바깥의 전구가 반짝이는 간판 아래서 사진을 찍으며 뭔가 뭉클했던 기억도 난다. 나이 든 검표원이 기계가 아닌 손으로 티켓을 확인하는 것도 좋았다. 그리고 내 어린 기억보다는 작은 아폴로 극장에 들어서서 좁고 다닥다닥한 의자에 앉아 무대를 바라보니 아, 정말 감동 자체였다. 아직 아무도 없는 무대지만 일어나 마구 환호하고 싶은 심정이었다, 내가 어려서

봤던 그 AFKN 속 관객들처럼.

아폴로 극장은 공연장 밖이 아니라 객석 뒤편에 술을 파는 스탠드가 있었다. 아우, 이것도 맘에 들잖아! 큰 잔에 넘치도록 부어주는 인심 좋은 와인을 들고 자리에 앉아 호세 곤잘레스를 들었다. 아이슬란드와 어린 AFKN 시절의 기억이 함께 스쳐 갔다. 관객들은 자유롭게 자리와 술 스탠드를 오가며 술을 마셨다. 그날 밤은 모든 게 흘러넘쳤다.

"아, 너무 좋았어. 이대론 집에 못 가. 아폴로 극장 근처에 내가 좋아하는 미들 이스턴 식당이 있는데 한잔 더 하자"라고 말하는 신호를 따라 동굴 같은 식당에 들어갔을 때(어딘지 전혀 기억 안 남) 난 이미 노래와 극장과 술에 좀 취해 있었다. 허머스 같은 안주 조금과 술을 시키고는 또다시 호세 곤잘레스와 아이슬란드와 아폴로 극장에 대한 대토론 감상회가 이어졌다. 어두컴컴해서 나오지도 않는 사진을 연신 찍어대고(죄다 흔들림) 주체할 수 없는 감동을 쏟아붓다가 신호가 말했다.

"제니퍼 로페즈도 공연한대!"

"아아악! 갈래!"

"그래 가자!"

"표 사!"

"좋아, 바로 산다!"

나는 이제 호세 곤잘레스에서 제이로로 바꿔 흥얼거리기 시작했고 역시 취한 신호는 휴대전화로 열심히 제이로 티켓을 검색했다.

"샀어!"

"꺄악!! 가는 거야? 가는 거야! 기다려 제이로 언니!"

난 완전 광분했다. 마돈나를 제일 사랑하지만, 비슷하고도 다른 이유로 제이로를 오래 좋아했다. 제니퍼 로페즈는 가수 이전에 굉장히 좋은 배우였고(지금도 좋은 배우고) 기억해야 할 작품이 여럿 있다.

"가는 거야 제이로!! ㅇㅇㅂㅇㅂ도 예약할게!"

"그래! (뭔지 모르지만) 해!"

둘은 '제이로!' 하고 술잔을 부딪치며 그날의 감동을 마무리했다.

술이 깨고, 나는 제이로 공연 장소가 몬트리올이라는 사실을 깨달았다. 신호가 몬트리올 공연 티켓을 사고 에어비앤비를 예약했다는 것도.

그리고 몬트리올 공연이 끝나고 일주일 뒤 제이로가 뉴욕에서 공연을 한다는 것도.

덧.

몬트리올은 정말 좋았다. 묶어서 간 퀘벡은 더 좋았다(네 그
래요, 〈도깨비〉 빨간 문 앞에서 사진도 찍었습니다). 제이로 공연은 더
더더 좋았다. 마돈나만큼은 아니지만 내가 제이로를 정말 좋
아하고 거의 모든 노래를 꿰고 있다는 사실을 공연 보면서 알
았다. 나이 따위 개나 주고 여전히 건강하고 열정적이고 아름
다운 제이로가 감탄스러웠다.

그래, 나는 이제 제니퍼 로페즈의 찐팬이다. 그를 보러 몬트
리올까지 간 사람이니까.

이스탄불의 기적

〈얼루어〉 매거진에서 '인생 최악의 여행'에 관한 글을 써달라고 했을 때 곧바로 터키를 떠올린 것은 따지고 보면 축구 때문이었다. 그러니까 때는 세상에 트위터도 인스타그램도 카톡도 없던 2005년, 다시 말해 지금처럼 모든 게 온라인 중심으로 돌아가지는 않던 시절, 회사에서 유럽챔피언스리그 온라인 독점 중계권을 따냈다. 월드컵이 한국을 뒤흔들고 박지성이 맨유에서 활약하기 시작할 즈음이었을 것이다. TV가 아닌 온라인 중계라는 것조차 낯선 때에 온라인 중계권을 산 우리가 기특했던지, 아니면 그냥 걔들 돈이 많아서였는지 하여튼 내가 2005년 유럽챔피언스리그 결승전에 초대됐다.

취재였다면 당연히 가지 않았을 테지만(당시 지녀던 지단은 참

멋있는데 머리가 벗어져서 아쉽다는 정도가 내 UEFA 축구 지식의 전부), 그냥 결승전을 구경하러 오라고 하니 거절할 이유는 없었다. 게다가 그전까지 가보지 못한 터키 이스탄불이란 점이 매력적이었다. 그 흔한 유럽 배낭여행 한번 못 가본 탓에 내 상식과 경험 안의 유럽은 정말 좁았고, 다른 세상을 보고 싶다는 약은 속셈이 결승전보다 앞섰다.

옷을 잘못 챙겨 간 게 불운의 시작이었다. 5월 말이라 더울 줄 알았는데 웬걸, 결승전 날 강풍이 몰아쳐 기온이 뚝 떨어진 것이다. 나름 초대 손님 행세를 한다며 검은 민소매 옷을 떨쳐입고 간 나는 얼어 죽기 직전 요상한 러닝용 점퍼(라고 쓰고 '추리닝'이라고 읽는다)를 빌려서 뒤집어쓰고는 AC밀란이 압도적으로 이끌어가는 전반전을 건성건성 봤다. '비싼 선수 다 사버려라' 식 스타 플레이어로 돈 자랑하는 AC밀란과 당시 약체였던 리버풀의 결승전은 누가 뭐래도 AC밀란의 승리였고, 전반전도 3 : 0으로 앞서갔다. 어쩌다 보니 리버풀 응원석에 앉은 나는 다 말라 죽어가는 리버풀 서포터즈 옆에서 얼어 죽어가고 있었다.

하프타임이 됐다. 그래, 안에서 몸이나 녹이자. 칙칙한 남의 점퍼를 입은 왜소한 동양 여자는 VIP 룸의 화려한 인사들과 떡 벌어지는 안주들 사이에서 주눅 들어 술만 홀짝였다. 밀란의 팬들은 벌써 축배를 들고 난리였다. 사람들이 웅성거려 뒤돌아보니 나 같은 축알못도 한눈에 알아볼 수 있는 마라도나가 화려하고 요란스럽게 등장해 속사포처럼 떠들며 사람들과 사진을 찍고 있었다. 월드컵 4강 진출 국가에서 온 나는 당당히 마라도나에게 다가가 '맨유와 박지성 등의 선수들'을 그린 벽면을 가리키며 "저기서 너와 사진을 찍고 싶다"라고 말했다. 마라도나가 슬쩍 뒤를 돌아봤다.

"오우, 지성 팍! 요즘 잘하더라?"

사실 마라도나 경기를 본 적도 없고 나중에 밝혀진 성 추문을 생각하면 혐오스럽기까지 하지만, 그래도 전설의 축구선수가 박지성을 칭찬한 건 괜히 기분 좋았다(네가 박 선수 에미냐 왜…).

후반전. 이미 눈치챘겠지만 갑자기 리버풀이 미쳐서 세 골을 넣었다. 3 : 3 동점! 관객들은 더 미쳤다. 내가 앉은 리버풀 자리는 더더 미쳤다. 앞뒤옆 사람들이 갑자기 절친이 되어 어깨동무를 하고 내 손을 잡고 껴안고 눈물을 글썽였다. 나는 어제까지 알지도 못했던 제라드의 급팬이 되어 그를 연호하고 있었다.

후반전에 연장전까지 끝나고 승부차기. 골키퍼 두덱의 선방으로 결국 리버풀이 2004/05 UEFA 우승컵을 가져갔다. 이것이 지금까지 축구계에 전설로 회자되는 '이스탄불의 기적'이다.

'이스탄불의 기적'까지 목도했으면서 왜 이스탄불이 최악의 여행지였냐고? 바야흐로 월드컵 결승전이 열린 2005년은 터키 화폐 개혁이 시작된 해다. 그전의 터키 화폐 상황이 어땠는가 하면, 1달러 정도의 가치에도 140,000리라, 그러니까 적은 돈에도 끝에 0이 사정없이 붙는 덕에(그것도 동전이 아니라 지폐) 1만 원 정도를 쥐고 있어도 백만장자가 된 것 같은 착각에 빠지게 된다. 그래서 터키는 만성적 인플레이션을 극복하고자 100만 리라를 새 1리라로 바꾸는 개혁을 단행한다. 여기서부터 관광객은 혼란에 빠진다. 새 리라와 헌 리라의 지폐가 마구잡이로 섞여 있던 2005년, 분명 지폐엔 0이 몇 개씩 붙어 있는데도 새 1리라보다 적은 돈일 수 있으니 관광객(나)은 여러 그림의 지폐를 놓고 일, 십, 백, 천, 만, 십만, 백만 세다가 머리가 돌아버린다. 그리고 이를 눈치챈 일부 나쁜 사람들이 그들을 등쳐먹는다.

구시가지에서 신시가지 탁심 쪽으로 가는 택시를 탔을 때 딱 걸린 나란 호구. 택시비로 4,500원 정도가 나왔는데 5,000원짜리가 없어 5만 원짜리를 내민 나는 기사에게 500원을 거슬러 받는다(5,000원짜리 구지폐의 0이 5만 원짜리 신권의 0보다 많다, 아악). 4만 5,000원을 줘야지 왜 500원만 주니? 내가 묻는다. 기사는 종이까지 꺼내서 볼펜으로 영영영영영영 숫자를 그리며 계산하는 걸 보여준다. 아니 저기요, 내가 산수를 못해서 이러는 게 아니잖아? 한참을 소리치며 싸운 끝에 기사는 500원쯤 되는 동전을 창밖으로 던져버린다. 이런 바가지가 비일비재했다.

결국 그날 호텔로 돌아오는 길에 택시를 타지 않기로 마음먹었다. 그런 불쾌함을 다시는 느끼고 싶지 않았기 때문이다. 언덕을 오르락내리락하며 거의 세 시간 가까이 걸어 호텔에 도착할 때까지(참고: 그땐 구글맵이 없었음) 몇 번 약해지고 후회하고 이를 갈면서 다짐했다. 내 다시는 터키에 오지 않으리라.

(2019년, 마일로의 부추김으로 14년 만에 다시 이스탄불에 가게 됐다. 결론적으로, 두 번째 이스탄불은 내게 가장 기억에 남는 여행지 중 하나가 됐다. 지금 쾨프테를 떠올리며 입맛을 다시는 나란 여자…)

내게 까맣게 잊혔던 '이스탄불의 기적'을 다시 상기시킨 또 하나의 계기는 손흥민 선수다. 2019년, 박지성 선수 이래 8년 만에 한국 선수가 챔피언스리그 결승전에 진출한다. 그러거나 말거나…. 뉴스를 볼 때야 손 선수에게 파이팅을 외치지만, 그저 마음속의 외침일 뿐 경기를 챙겨 보거나 결과에 관심을 갖거나 하진 않는 게 축알못의 기본 자세다. 그런데 윤지코는 달랐다. 축구에 미친(아니 야구에 미친, 아니 테니스에 미친, 아니 아니 골프를 뺀 모든 스포츠에 열광하는) 윤지코와의 인연도 꽤 길고 촘촘하다.

〈트래블러〉 매거진(정말 좋아했는데 지금은 폐간돼서 너무 슬픔)에서 어느 날 여름 특집을 맡겼다. '뉴욕의 여름을 충실히 즐기는 방법' 같은 꼭지였는데, 〈트래블러〉 여하연 편집장이 내게 포토그래퍼를 붙였다. 그가 윤지코다. 어색하게 몇 장소를 함께 다니며 취재하다가 그중 하나였던 첼시마켓 오이스터 바에 가게 됐다. 한국의 여름 음식에 냉면이 있다면, 뉴욕에는 랍스터롤과 굴이 있으므로 그 특집에 들어갈 만한 소재였다(라기보다 먹고 싶은 사심 발동).

처음 만난 자리에서 어색하게 촬영용 화이트 와인 한 잔을 사이에 두고 랍스터롤과 굴을 찍던 윤지코와 나는 장담 못 할 다음을 기약하며 헤어졌다.

그러던 어느 날, 윤지코에게 연락이 왔다.

"집에서 한잔할 건데 올래요?"

쭈뼛거리며 들어섰더니 첨 보는 얼굴들이 다글다글했다. 담에 또 불려 갔을 때는 또 다른 사람들이 바글바글했다. 그담에도, 그담에도…. 알고 보니 윤지코는 사람들을 불러다가 밥술 먹이기의 달인으로 인영의 엑스 룸메이트고, 신과 한 건물 살

던 이웃이고, 라미리의 동지고, 과거에 홀리를 취재했던 포토
그래퍼고…. 줄줄이 엮여 있었다.

그렇게 몇 년 동안 인연의 굴비를 꿰고 2019년, 유럽챔피언
스리그가 결승전을 향해 달려가던 때였다. 윤지코에게 연락이
왔다.

"언니, 낮맥 한잔할래?"

"응, 어딘데?"

낮술을 거부할 리 없는 내가 이 제안을 덥석 물었다.

"응, 여기는….."

전철 아닌 기차를 타고 한참 만에 도착한 그곳은 어느 기차
역 앞 스포츠바였다. 윤지코는 컴퓨터를 켜놓고 일을 하면서
도 눈은 거의 바 뒤에 있는 대형 TV에 고정돼 있었다. 그래, 미
국이 무슨 유럽챔피언스리그에 관심이나 있겠는가, 축구 자체
에 관심이 없는데. 유럽에선 축구의 신이어도 뉴욕에 오면 동
네 조기 축구회 아저씨밖에 안 되는 상황에서, 축구 중계를 보
기란 쉬운 일이 아니다. 아마 윤지코는 경기를 볼 수 있는 곳을
찾아 찾아 여기까지 왔을 터였다.

감자튀김에 맥주를 홀짝이며 무심히 말을 꺼냈다.

"애증의 유럽챔피언스리그…. 나 저거 보러 이스탄불에 간
적 있는데."

윤지코가 갑자기 TV에서 눈을 돌려 나를 쳐다봤다.

"뭐? 언제?"

"언제더라… 뭔 결승이었는데."

"혹시 2005년, 그 이스탄불의 기적? AC밀란과 리버풀 경기 말이야?"

"아 그래. 리버풀이 이겼던 것 같아."

윤지코가 소리쳤다.

"말도 안 돼! 그 경기를 직접 봤다고? 전설의 경기를???"

아니, 이게 그렇게까지 흥분할 일이니…. 내가 멋쩍게 웃었다.

"언니, 나 언니 다시 봤어!"

지금까지 나의 이 에피소드를 듣고 이스탄불 고생기 대신 축구 경기에 더 눈을 빛낸 건 윤지코가 처음이었다. '이스탄불의 기적'을 직접 본 사람이라는 건 누군가에게 내가 키아누 리브스와 사귄다는 것보다 더 대단한 일일 수 있었던 것이다.

그러던 중 손흥민을 가진 토트넘이 8강에 진출해 이스탄불에서 경기를 한다는 소식이 들려왔다.

"이건 보통 일이 아니야. 어디서 중계를 볼 수 있는지 찾아봐야겠어."

인터넷을 뒤지던 윤지코는 첼시에 있는 어떤 바에서 토트넘 경기를 생중계해준다는 사실을 알아냈다. '이스탄불의 기적'

목격자인 내가 승리의 기운을 쏘기 위해 참석하지 않을 수 없었다.

알고 보니 그 플래너리스 바Flannery's Bar는 그냥 한마디로 토트넘 바였다. 좁은 바에는 이미 토트넘 유니폼 비슷한 걸 입은 사람들이 경기 시작도 전에 취해 토트넘을 목놓아 외치고 있었다. 윤지코…, 나 여기서 살아서 나갈 수 있을까?

경기가 시작됐다. 나는 쭈뼛쭈뼛 바텐더에게 다가가 맥주를 주문하고 뒤쪽으로 비켜섰다. 꿔다 놓은 보릿자루 동양인 여자는 술이나 마시자. 맨시티와 토트넘의 경기에서 이 바에 있는 사람들 빼고는 모두 맨시티의 승리를 장담하고 있을 만큼 맨시티는 강했다. 하지만 이 1차전 후반전에서 갑자기 승기가 토트넘 쪽으로 기울기 시작했다. 사람들이 노래를 부르기 시작했다.

"나이스 원 쏘니! 나이스 원 쏜! 쏜쏜쏘니!"

조용히 찌그러져 맥주를 푸던 내가 윤지코를 찔렀다.

"쏘니가 뭐야?"

"아우 언니! 손흥민이잖아!"

손흥민이 뭔가 터뜨릴 듯 말 듯 할 때마다 사람들은 더 목이 터져라 쏘니 송을 불렀다.

"쏘니! 쏘니! 쏘니!"

그리고 골! 후반전에 드디어 쏘니의 발에서 골이 터졌다. 아아아악!!! 사람들이 다 쓰러졌다. 나도 마치 평생 축구 팬으로 살아온 축 선생인 양 미쳐 날뛰었다.

"너희 쏘니 나라에서 왔냐?"

한 토트넘 팬이 갑자기 우리가 하늘에서 내려온 승리의 천사라도 되는 듯 꿀 떨어지는 목소리로 물었다.

"그렇다!"

"쏘니 나라에서 온 이분들에게 맥주 돌려!"

승리와 공짜 술은 역시 달다.

싸움의 기술 1

"우리 요즘 진짜 안 싸운다, 그치?"

얼마 전 마일로가 말했다. '예전보다 덜 싸운다'겠지. 몇 년 동안 지겹도록 싸웠다. 말다툼 정도가 아니다. 서로 욕하고 소리 지르고, 치고받고 몸싸움도 한다(그래서 체력을 더 키워야 한다).

어려서부터 친구와 싸운 적이 없었다. 내가 싸움 유발자라고 생각해본 적도 없다. 그런데 대체 왜 이렇게 싸우는 걸까. 시작은 미미했으나 결국 끝장을 보고야 마는 이 싸움의 과정이 나는 정말 미스터리다.

"네가 너무 못돼 처먹어서 그래." 마일로가 말한다.

"핫! 너만 하겠냐." 내가 받는다.

그런데 '친구'와는 싸우지 않았다고 했지, 싸움을 안 했다는 건 아니다. 어느 순간부터 내 별명은 '쌈닭'이었다(다리가 튼튼해 닭싸움도 잘했고). 고등학교 때 자기 마음에 안 든다는 이유로 아이들을 마구 때리는 선생한테 "그만해! 그만 때려!" 소리 지르고, 부당한 선생한테 반항한다며 중간고사 백지 답안지를 제출하고, 학교에 엄마 불려 가고(학교에 간 엄마는 이랬다고 한다. "내 딸한테 무슨 문제가 있죠? 걔는 아무 생각 없이 그럴 애가 아닙니다! 오죽하면!") 하는 연습 기간을 지나 대학에 갔더니 싸울 일이 더 많았다. 누구랄 것 없이 모두 세상에 대한 분노와 울분을 터뜨리며 투쟁하던 때, 최루가스를 공기처럼 마시던 그때, 도서관 같은 방에서 상식 책을 외우던 복학생 남자 선배가 불쑥 말했다.

"넌 쌈닭이야 쌈닭. 휘어지는 법도 배워. 너 계속 그러다 시집 못 간다?"

뭐?

"왜 휘어져야 하죠, 옳지 않다고 생각하는 것까지?" 그리고 덧붙였다. "시집? 선배한테 갈 것도 아닌데 뭔 상관? 괜히 위하는 척하면서 사람 까대지 마시죠."

일단 취직만 되면 이런 꼴은 안 볼 줄 알았다. 사회는 능력으로 평가되는 곳이잖아. 내가 잘하면 되는 거야. 순진했다. 수십 장의 이력서를 넣고도 직장을 얻지 못했을 때, 내가 뭔가 부족해서 그러거니 했다. 하지만 상식도 지식도 없고 회사에서 요

구하는 외국어 점수도 밑바닥인 데다 인간성도 별로인 그 머저리 복학생 선배가 내가 원하는 직장에, 나는 받아들여지지 않은 직장에 자리 꿰차고 앉았을 때 비로소 깨달았다. 나와 상관없이 세상이 바뀌어야 한다는 것을. 이제부터 더 지루한 싸움이 되리라는 것을.

방송국 프리랜서 작가를 하면서 내 싸움도 다시 시작됐다. 한때 너무 잘나가던 프로그램을 거저 물려받은 피디가 내게 전화해서 방송작가 해보고 싶은 생각 없냐고 물었다. 취직으로 스트레스를 받던 때라 무조건 받아들이고 피디가 오라고 한 프로그램 녹화 날에 방송국으로 갔다. 카메라 뒤편 테이블에 여럿이 앉아 있다가 일제히 나를 쳐다봤다.

"어떻게 오셨죠?"

한 여자가 물었다.

"아, 안녕하세요! 오늘부터 이 프로그램 작가를 맡게 된 이현수입니다."

"네? 작가라니요?"

사람들이 마주 보며 웅성댔다. 나는 뭔가 싸한 분위기 속에서 뒤쪽에 뻘쭘하게 서 있었다. 녹화가 끝나고 피디가 부스에서 내려오더니 말했다.

"다음 주부터 우리 프로그램 새 작가를 맡게 된 이현수 씨.

인사하지."

다들 처음이라 그런가, 너무 썰렁했다. 좀 전에 내게 누구냐고 물었던 여자가 자리를 박차고 나갔다.

나중에 들은 상황은 이러했다. 그 여자분은 이 프로그램이 처음 기획됐을 때부터 오랫동안 작가로 일해온 터줏대감 같은 사람이었다. 중간에 피디가 바뀌고 새 피디와 호흡을 맞추게 됐는데, 이 피디는 세상 머저리에 게으름뱅이이고 여자만 밝히는 놈이었다. 프로그램이 망가지는 것을 원치 않던 작가는 계속 피디와 부딪혔다. 작가를 자기 마음대로 컨트롤할 수 없었던 피디는 통보도 하지 않고 새 작가를 들였다. 어리고 경험 없고, 그래서 만만할 것 같은 나를.

사람들에게 이 얘기를 들은 난 정신이 아득해졌다. 내가 그 사람을 막무가내로 밀어낸 거야? 나는 전혀 몰랐던 사실이지만 결과적으로는 그랬다. 끔찍했다. 그 작가는 한 주 분의 녹화를 더 하고 그만뒀다. 아무 준비 없는 내게 나머지가 떨어져 버린 것이다.

다음 주, 그다음 주 녹화를 무슨 정신으로 했는지 모르겠다. 퀴즈 프로그램이라 매주 문제를 스무 개씩 만들어 다른 출제자들(전공별 대학원생들로 이뤄진 그룹)과 함께 회의를 했는데 내 문제는 피디한테 계속 까였다. 월화수목 거의 밤을 새우다시

피 하고 금요일 녹화, 토요일 모니터, 일요일 자고 나면 다시 월화수목금토. 새벽 첫 버스가 오기를 기다려 퇴근했다가 씻고 쪽잠 자고 다시 출근하면 피디는 깜깜무소식. 오후 네다섯 시쯤 사우나 냄새를 풍기며 사무실로 어슬렁거리면서 들어와 내게 말했다.

"다 했어?"

뭐 이런 놈이 다 있어. 사회가 이렇게 빡센 거였나?

그러던 어느 날 전 작가가 내게 만나자고 했다. 이분 나에게 감정이 좋지 않을 텐데…. 떨리는 마음으로 여의도 포장마차에 들어섰다.

"작가님, 무슨 일이세요?"

"작가님이 뭐니. 그냥 언니라고 해." 미정 언니가 말했다. "힘들지? 개새끼랑 일하느라."

나는 놀라 자빠질 지경이었다.

"솔직히 말해서, 통보도 없이 하루아침에 직장에서 잘리고 나도 힘들었어. 네 탓이 아닌데 막 너를 원망하게 되더라고. 근데 그건 내 인성이 부족해서고…. 나쁜 건 그놈인데." 언니가 말했다. "사우나 다니고 여자한테 추근대기나 하는데도 월급 또박또박 받으면서 프리랜서 밥줄이 자기 손에 있다고 뻐기는 놈이야. 네 능력을 보여줘. 너 똘똘하더라. 그놈이 너한테 돈 주는 거 아니야, 회사가 네가 일한 만큼 주는 거지. 피디와 작가는 동일선상에서 각자 맡은 일을 하는 사람들이야. 그런 놈한테 지지 마."

갑자기 속이 뻥 뚫리는 것 같았다. 그래, 내가 저런 모자란 놈한테 기죽을 일 뭐 있어? 그리고 나 이현수야, 쌈닭 이현수! 포장마차 소주가 유난히 달았다.

그때부터 나는 미정 언니의 지지에 힘입어 거침없이 킥을 날렸다. 열 명의 팀원과 그 주의 문제를 솎고 조합하고 완성본을 만들어 피디가 없는 피디 책상에 올려놓고 퇴근했다. 다음 날 피디가 길길이 뛰며 자기도 없는데 왜 퇴근했냐 하면 "그러게 사우나 가지 말고 진작 확인하지 그러셨어요, 날씨도 더운데 수영장엘 가면 또 몰라"라고 사무실이 떠나가라 웃으며 맞받아쳤다.

매주 한 명씩 문제를 읽거나 공연을 하기 위해 출연하는 연예인 섭외에 자기는 손 하나 까딱하지 않으면서 내가 섭외한 사람을 타박할 때는 이랬다.

"김광석 모르시나 봐요, 대학생들한테 제일 인기 있는데? 가요 순위 프로그램만 보지 마시고 요즘 젊은 친구들이 누구를 좋아하는지 좀 알아보셔야 할 것 같네요."

(번외. '이경규의 몰래카메라' 전설의 에피소드를 아시는지. 아직도 이

영상이 떠돌아다닌다는 게 정말 신기한데, 이범학이란 가수가 게스트로 나와 이상한 문제를 읽는 거였다. "GNP는 국민총생산입니다. 그렇다면 새 발의 피는 무엇일까요?" 이때 정답의 '딩동댕' 실로폰을 친 사람이 접니다. 웃지 않으려고 죽을힘을 다했던 기억.)

최선을 다해 일하고 능력치를 쌓아서 나는 작가를 그만두고 방송기자가 됐다. 그리고 2년 뒤, 수명이 다한 그 프로그램을 접어야 하는 이유를 조목조목 짚은 장문의 기사를 썼다. 그 프로그램의 문제를 잘 아는 나보다 더 잘 쓸 사람은 없다고 생각했기 때문이다. 그리고 한 달 뒤, 그 프로그램은 폐지됐고 피디는 그 후 다시 어떤 프로그램도 맡지 못했다. 그의 무능력을 눈치챈 게 나뿐만은 아니었으니까.

싸움의 기술 2

오랜 꿈이었던 기자가 된 건 좋았는데 여기도 넘어야 할 산이 많았다. 처음 얼마 동안은 일을 배우느라 정신이 없었다. 내가 쓴 기사가 처음 인쇄되어 나왔을 때 그걸 다 불태워 없애서 아무도 못 읽게 할 궁리에 바빴고, 낮에는 취재하고 원고 쓰고 밤에는 익숙하지 못한 워드 타이핑 연습하느라 바빴다(무슨 말이냐고? 네, 200자 원고지에 글을 쓰면 편집장이나 수석기자가 빨간 펜으로 수정해주던 시절입니다. 이렇게 말해도 무슨 말인지 모르시겠죠. 모두가 노트북을 갖고 일하던 시절이 아니란 말입니다).

조금 여유가 생기고 보니 이상한 것들이 눈에 들어오기 시작했다. 부서에 행정 일을 보던 사원이 있었는데 난 그 친구를 정말 좋아했다. 예쁘고 착하고 성실한 Y와 금세 친해져 거의 매일 점심을 같이 먹고 놀러도 다녔다. 그런데 이 친구가 이상하게 직함이 있는 사람은 부장님, 차장님, 과장님 식으로 부르고 그 밖에 남자 기자들은 '선생님', 여자 기자들은 '언니'라고 부르는 거다. 언니는 그렇다 치고, 선생님은 뭐지? 어느 날 편집 회의가 끝날 때쯤 내가 말했다.

"그런데 좀 거북한 게 하나 있는데요. Y 씨는 왜 선배들한테 '선생님'이라고 부르죠?"

갑자기 분위기가 싸해졌다. 한 남자 선배가 말했다.

"경리잖아."

"그래서요?"

"아니, 딱히 호칭이 없으니까. 나한테 누구 씨라고 부르는 건 말도 안 되잖아?"

"선배란 건 호칭 아녜요? Y 씨가 이 선배한테 선배라고 부르면 안 될 이유가 있나요?"

그 선배가 뭔가 낮게 읊조리는 게 느껴졌다. 안 들어도 알 것 같았다. 건방진 년, 미친년, 뭐 그런 거겠지.

"선배, 안 들려요. 뭐라고요?"

그때 수석기자 선배가 말했다.

"그러네. 한 번도 생각 못 했어. 계속 그렇게 불리는데도 왜 무심히 듣고만 있었지?"

그가 Y에게 말했다.

"Y 씨, 미안해. 생각이 짧았네. 우리가 선생님은 아니지."

사실 내가 기대한 게 그 선배의 지지였다. 처음부터 그는 좀 다르다고 생각했으니까. 남자 직원 모두가 마음으로 받아들인 건 아니지만 남자인 최고참이 그렇게 말하는데 겉으로 이의를 제기할 리는 없었다. 그때부터 사무실에서 선생님과 언니가 사라졌다(물론 사적인 자리에서 언니는 존재했지만).

좋은 편집장에 좋은 수석기자를 만나 많이 배우고 이제 더는 내 글이 인쇄되는 것을 두려워하지 않게 됐을 즈음, 두 사람이 다른 매체로 옮겨 갔다. 날 껄끄러워하는 이 선배가 수석이 되고 새로운 편집장이 왔다. 낌새가 이상했다. 이 선배야 원래 본인 말고는 아무 관심 없으니 계속 일정 거리를 유지하면 됐는데, 새 편집장은 어째…, 방향이 많이 어긋난 느낌이었다. 심의기관 통합 같은 심각한 기사에 '윤중로에 나서보니' 같은 꼭지명을 붙이는 식이었다. 벚꽃 못 봐서 환장한 건가? 번거롭지만 이런 일은 설득하거나 싸워서 이기면 될 건이었고, 더 큰 문제는 다른 쪽에서 불거졌다.

기자들이 몇 번 물갈이되는 중에 일간지에 있던 선배 하나가 경력 기자로 들어왔다. 이른바 미모와 지성을 다 갖춘 선배는 함께 일하는 동안 결혼하고 아이 낳고 이혼하고 하여튼 많은 일을 겪었는데, 이보다 더 선배를 괴롭힌 것은 따로 있었다.

　한창 친하게 지내던 어느 날, 점심 먹는 중간에 선배가 말했다.

"스 부장 말이야…."

"악 선배! 밥맛 떨어지게 왜 스 부장 얘기를 해!"

　난 웃으며 말했다가 선배의 얘기를 듣고 정말 밥숟가락을 놓고 말았다. 토할 것 같았다. 느물거리는 웃음, 듣기 거북한 농담, 그 나이의 남자들이 흔히 하는 행동거지까지는 어찌어찌 무시하고 넘어간다지만 회식 자리에서 자기 옆에 앉으라고 잡아끈다든지, 은근슬쩍 허벅지를 친다든지, 어깨를 주무른다든지 하는 건 진짜 아니잖아? 갑자기 학교 다닐 때 얼굴만 봐도 토할 것 같던 몇몇 남자 선생, 지하철에서 치한의 손목을 잡아채고 "어딜 만져!"라고 소리쳤다가 도리어 뺨 맞은 기억, 첫 직장에서 함께 좁은 엘리베이터를 탔던 상사가 갑자기 껴안아서 돌아버리는 줄 알았던 악몽 등이 한꺼번에 몰려왔다. 또 당할 순 없다. 이건 조직적으로 움직여야 해.

　일단 여자 기자들을 모아서 이야기를 전달하고 머리를 맞댔다. 그리고 그의 만행을 조목조목 담아 기록한 이른바 '연판장'이라고 하는 문서를 만들어 함께 사인하고 상부에 제출했다. 결과는? 아무 일 없었다.

　우리는 뭘 기대했던 걸까. 스 부장이 회사에서 잘리는 것? 몇 개월 감봉이나 경고? 우리는 돌아가며 몇 번씩 상부에 불려갔고 부장은 자기가 언제 그랬냐고 펄펄 뛰었다. 그게 다였다. 추한 손버릇은 슬그머니 숨어들었지만 난 분해서 견딜 수가 없었다.

할 수 있는 게 없다는 사실에 비참해졌다. 아니, '호헌철폐 독재타도'보다 이 지극히 상식적인 일을 바로잡는 것이 더 어렵단 말인가? 얼마나 시간이 지나야 바로잡아지는 건가? 나는 그 직장을 그만두고 여자들이 보다 주체적으로 일하고 목소리를 낼 수 있는 곳으로 옮겼다.

요즘 회사 내에서 일어나는 성추행에 대한 숱한 고발과 제대로 규명되지 못하는 상황들을 보며 생각한다. 몇십 년이 지나도 여전하구나. 하지만 전혀 변하지 않은 건 아니다. 부질없을 것처럼 보이는 행동이 쌓이고 쌓여, 달걀이 바위를 치고 또 쳐서 우리 모두 여기까지 왔다. 불합리와 불평등에 대한 인간으로서의 기본 상식을 이야기하는 페미니즘이 무슨 용납할 수 없는 이데올로기처럼 여겨지는 세상이 되었다는 게 이해가 가지 않고 여전히 화낼 일이 많은 세상이다. 그래도 이런 일 때문이라면 기꺼이 쌈닭이 되고 싶다. 기술은 떨어지지만 경험치만큼은 레벨이 높으니까.

뉴욕에 가서 좋았던 것 중 하나는 싸울 일이 별로 없었다는 것이다. 물론 신경을 건드리는 것들, 차별적 언행 등에 대해서 피곤한 싸움들은 있다. 사소하게는 레스토랑에서 좋은 자리를 주지 않을 때(아시안을 구석탱이에 몰아넣는 식당이 가끔 있는데, 이럴 땐 "나 이 자리 싫어. 저 창가 자리에 앉았으면 좋겠는데?"라고 당당하고 살짝 퉁명스럽게 얘기하면 바로 굽히고 들어온다. 팁이 중요한 사람들이기 때문이다) 같은 것. 이럴 땐 다시 쌈닭의 기운이 스멀스멀 올라온다. 언제든 싸울 준비는 되어 있다.

　믿지 않겠지만, 요즘 친구들 사이에서 내 별명은 '쌈닭'이 아니라 '마더 테레수' '메리 포핀수'다. 이전과의 차이가 있다면 그때는 술을 잘 못 마셨고 지금은 잘 마신다는 것? 신분 세탁 '술'인 건가….

백발 마녀전 1

어려서부터 흰머리가 많았다(여기서 '어려서'라 함은 20대). 직장에서 매일 같이 밥 먹던 Y의 눈은 나랑 얘기할 때 내 머리에 가 있었고 귀신같이 새치를 잡아서 뽑곤 했다. 흰머리 한 가닥도 나처럼 머리 듬성듬성한 사람에겐 너무나 소중하다는 걸 모르던 때였다. 일찍부터 머리가 세서 일찌감치 염색을 시작했던 엄마는 "너 새치 많은 건 유전이 아니다! 내 머리가 하얀 건 약을 하도 많이 먹어서야!"라며, 혹여 이 성가신 유전자를 물려줬을까 봐 지레 변명과 걱정을 입에 달고 살았다. 아니 어머니, 제가 당신 탓이라고 했습니까?

흰머리는 정말 성가셨고, 지금도 그렇다. 다 뽑았다가는 대머리를 면치 못하게 될 단계에 이르자 염색을 시작했다. 그때가 30대 중반이었다.

갑자기 백발이 된 데는 이유가 있었다. 서른이 되고 몇 년 지나지 않아, 〈프리미어〉라는 영화 잡지의 편집장을 느닷없이 맡게 됐다(앞서 잠깐 언급했듯이, 프랑스 아셰트 출판사에서 시작한 영화 전문지로 프랑스·미국·러시아·체코·일본·대만 등 10여 개국에서 발행되다가 영화지 불황을 타고 가장 인기 있던 미국판에 이어 한국판도 폐간됐다). 그전부터 이 잡지 편집부는 말썽이 좀 있었다. 뭔 마가 끼었는지 사고가 끊이지 않았던 거다.

어느 날은 느닷없이 두 여자가 사무실로 쳐들어와서 소리를 치기 시작했다.

"L 나와! 남의 남편을 탐하고! 응! 가정을 파괴하고!"

아니 사무실이 〈사랑과 전쟁〉 촬영장이야? 나중에 알았는데 L이 가정 있는 남자와 오래 만나고 있었던 모양이다. 당황해서 주위를 둘러보니 나 빼고 아무도 없었다. 더 큰 문제는 그들이 생뚱맞게도 우리 부서와 파티션을 사이에 두고 있는 〈엘르〉 매거진 편집부에 가서 난동을 피웠다는 점이다. 나는 우왕좌왕("선배? 어디세요? 지금 어떤 사람들이 사무실에서 차장님을 찾으며 난동을 부리고 있는데요!"), 〈엘르〉 기자들은 어리둥절("아니, 저기요. 여기서 말씀하셔봤자…"). 그들은 화장실에서 급하게 뛰어나온 남자 선배에게 끌려 나가고 L은 회사를 그만뒀다.

그다음엔 K가 말썽이었다. 마감이 코앞에 닥친 어느 날, K가 출근을 이상하게 하기 시작했다. 2시에 나왔다가 어쩔 땐 4시에도 나오고, 그러다 출근을 안 하기도 했다. 그가 처리하지 않은 원고가 내게 쏟아졌다. 잡지는 매달 무조건 나와야 하니까. 그렇게 몇 달이 지나고 그는 회사를 그만뒀다.

기자 충원이 안 된 채 원고 폭탄에 시달리고 있을 때, 이번엔 M이 문제를 일으켰다. 집에 가택수사 같은 긴으로 경찰이 들이닥쳤는데 책상에서 탄피가 나왔다는 거다. 남자들이 제대할 때 기념으로 탄피 같은 걸 들고나온다는 사실을 그때 알았다(대체 왜냐고!). 결국 그것이 문제가 되어 M도 회사를 그만뒀다.

그 후 금연 사무실에서 담배 뻑뻑 피우던 편집장과 독자 엽서(네, 손으로 쓴 엽서를 잡지사에 보내고 그중 좋은 글을 뽑아 책에 싣고 선물을 주던 때가 있었죠) 정도만 처리할 수 있던 생초짜 후배 기자가 내 출근만 기다리다가 나를 바로 원고 지옥에 빠뜨리는 나날이 시작됐다. 아침부터 밤중까지 컴퓨터 자판을 두드리느라 바빠, 책상 옆에 펴놓은 라꾸라꾸 침대(한때 유행했던 야전침대 같은 것. 오래 자면 허리 나감)에 누워보는 게 소원일 지경이었다. 화장실에 앉아 있다가 잠이 든 적도 있다. 내 신세가 하도 기가 막혀 어느 달엔가 내가 대체 그달 잡지에 원고를 몇 매나 썼나 세어봤다. 200자 원고지 기준으로 580매. 600매면 신춘문예 중편소설 부문에 응모할 수도 있는데 아깝네….

그렇게 셋이서 200페이지가 넘는 잡지를 다달이 해치우던 때였다. 마감 날을 일주일 남기고 편집장이 출근을 하지 않았다. 어디 아프신가? 전화도 받지 않았다. 집에도 찾아갔으나 없었다. 실종신고를 해야 하나? 일단 마감은 처리해야 하니 똥줄 태우며 미친 듯이 원고를 써댔다. 편집장이 확인하고 미술팀으로 넘겨야 하는 원고와 함께 사진, 레이아웃, 광고 등 편집장이 오케이해줘야 할 일이 산처럼 쌓여갔다. 뭐지? 이러다가 이달엔 책이 못 나오는 건가?

위는 쓰려서 죽을 것 같고 장은 쉴 새 없이 꽝꽝대는데 아픈 것도 사치였다. 그렇게 정신이 반쯤 나가 있는데 전화가 울렸다.

"나다." 편집장이었다. "잘 들어. 나는 이제 회사 안 간다." 네? 뭐라고요? "그러니까 내 말은, 이제부터 네가 해야 해. 네가 편집장이다. 절대 다른 사람 주면 안 돼. 빼앗겨서도 안 돼. 무조건 이달 마감 잘 해내라."

뚜뚜뚜. 뭐라는 건지 따져 물을 새도, 생각할 새도 없이 일단 일을 했다. 예전 선배들이 하던 얘기가 생각났다. 당장 오늘 죽을 것 같아도 마감은 끝나고 책은 나온다. 원고를 처리하고 디자인팀과 표지를 비롯한 레이아웃을 의논하고 지난달에 편집장이 만들어둔 배열표를 정독하며 새롭게 배열표를 짜고 인쇄

교정지를 보고…. 정말 선배들 말대로 끝은 났고 책은 내 손을 떠나 인쇄소로 갔다.

하아, 끝났다. 편집장에게 전화했다. 마감 전에 전화하면 너무 화가 나서 쌍욕을 할 것 같아 참고 있다가 다 끝낸 뒤 술 좀 걸치고 전화를 걸었다.

"끝났냐?"

"…네."

"됐다. 잘했다."

사실 그 편집장과 나의 시작은 그리 좋지 않았다. 그는 우리나라 첫 영화 잡지라 할 수 있는 〈스크린〉을 창간한 영화 잡지계의 전설적 여성으로, 거칠고 거침도 없는 성격으로 악명 높았다. 극단적으로 설명하자면, 사장이 "김 부장, 여긴 금연빌딩이니까 사무실 안에서 담배 피우면 안 됩니다"라고 해도 "싫은데요. 담배 안 피우면 원고 안 나옵니다"라며 콧방귀도 안 뀌던 사람이었다. 회사의 자금줄을 쥐고 있다는 이유로 기세등등 온갖 추악한 짓을 저지르던(예: 근무 시간에 사우나 가기, 호텔 방 잡고 도박하기, 방으로 여자 부르기 등) 당시 광고팀장도 우리 편집장 앞에선 기를 못 폈다. 어려서부터 영화지에서 일하는 게 꿈이었던 나는 〈프리미어〉 한국판 창간 편집장으로 그가 내정됐단 얘기를 듣고 '난 망했네' 했지만, 같은 여자로서 너무 멋있다는 생각은 지울 수 없었다.

과연 명성답게 그는 무시무시했고 그 무서움으로 나를 못살게 굴었다. 그냥 못된 시어머니가 아무 이유 없이 며느리 미워하는 그런 건 아니고, 그가 자기 사람들로 창간 팀을 꾸렸는데 이전까지 방송 일만 하던 내가 엉뚱하게 끼어들었기 때문이다. 〈프리미어〉 창간 소식이 들리자 난 어떻게든 그곳에 들어가고 싶어 당시 함께 영화 스터디를 하던 온갖 일간지 영화 담당 선배 기자들을 들쑤셨다(네, 그땐 기자들이 모여 한국서 출판되지 않은 책을 놓고 번역해가며 '공부'도 하고 그랬습니다). 다행히 "너 한텐 〈프리미어〉가 딱이야. 방송 일은 그만해"라고 했던 선배가 〈프리미어〉 편집국장에게 나를 적극적으로 밀어준 덕에 면접을 볼 수 있었고 날 맘에 들어 한 국장 덕에 자리를 얻었다.

그게 편집장의 심기를 건드렸다. 윗사람이 오케이하면 그만이야? 내가 뽑은 사람만으로 팀을 꾸리겠다는데? 그때부터 온갖 구박이 시작됐다. 편집장이 나를 미워하니 선배들도 덩달아 미워했다. "이 집 찌개 맛있네요" 하면 "그렇겠지, 넌 입맛이 싸구려니까" 하는 식이었다. 아니, 울 엄마가 어려서부터 세상 좋은 건 다 먹이며 날 키웠는데! 모르긴 몰라도 너보다 좋은 거 더 많이 먹었다고! 밥 먹을 때마다 속이 쓰렸다.

더 괴로운 건 술자리였다(네? 술자리가 괴롭다고 말씀하시는 분 누구시죠? 이 글을 쓰면서도 마시고 있는 주정뱅이 맞습니까? 그때는 그랬단 얘기다). 편집장은 술을 지나치게 많이 마셨다. 야근도 밥 먹듯 하지만 술도 밥 먹듯 했다. 야근이라 함은 저녁 식사 자리에 술이 따라온단 얘기였다. 지금은 없어서 못 먹는 소주를 잘 마시지 못했던 당시의 나는 반 잔에도 꾸벅꾸벅 졸기 일쑤였다. 고통스러운 술자리와 마주하느니 차라리 자는 게 낫겠다 싶어 졸음이 오면 오는 대로 상에 엎어지거나 벽에 기대 잤다. 처음엔 깨워서 술을 먹이던 선배들도 결국 포기하고 내가 자게 내버려 두었다.

하지만 더 큰 문제는 내부가 아니라 외부에 있었다. 책을 넘기고 뒤풀이를 하는 자리에는 어김없이 편집장의 남편이 끼어들었다. 모 출판사에 다니고 있던 그는 편집장인 자기 아내 밑에서 일하는 사람들이라면 자신에게도 아랫사람이라고 생각했다. 자기 아내가 미워하는 사람이면 자신도 미워해야 할 사람이었다. 그는 나를 미워했다, 너무도.

친하던 영화판 쪽 누군가가 한남동에 술집을 열었다며 편집장이 우리를 데려갔다. 가운데 플로어를 중심으로 테이블이 빙 둘려 있는, 주점도 아닌 것이 클럽도 아닌 것이 요상한 형태의 술집이었다. 사람들은 술을 마시다 춤을 추다를 반복했다. 춤이라기보다는 술을 테이블에서 앉아 마시다가 술잔을 들고 무대로 나가 서서 마시다가 했다는 쪽이 맞다. 편집장의 남편은 깔때기라도 주어졌으면 아마도 내 입에 술을 퍼부었겠지만 불행히도 장비가 없어 그냥 내 코앞에 술잔을 계속 들이밀었다. 나는 마시다가 물 마시는 척하며 뱉었다가 바닥에 부었다가, 온갖 스킬을 발휘했지만 술을 완벽하게 피할 수는 없었고 결국 테이블 위에 고개를 떨궜다. 누군가가 팔을 잡아끌었다. 옆으로 고개를 돌려보니 편집장 남편이었다.

"그만 자고 나와."

취기와 잠이 뒤섞여 비틀거리며 무대로 끌려 나갔다.

무대! 사람들이 말하는 '무대 체질'이라는 게 있다면 나는 그쪽에 가깝다. 판을 깔아놓지 않아도 잘 놀긴 하지만, 무대에 올라서면 더 최선을 다한다. 얼마나 쓸데없이 최선을 다하느냐 하면…. 초등학교 2학년 때 다른 동네로 전학 와 쭈뼛대는 나에게 담임 선생님이 용기를 불어넣고자 교내 동화 구연 대회에 내보냈다. 동화 구연이 뭔지는 모르지만 어쨌든 단상에 서서 떠드는 거라기에 입으로만 나불대지 않고 열심히 열과 성을 다해 손 연기, 발 연기를 펼쳤다(이야기에 리얼리티를 더하겠다며 손바닥만 한 단상에 눕고 구른 아이는 내가 처음이었다고 한다). 그렇게 1등이 되는 바람에 이후 학교 대회뿐 아니라 CBS 기독교 방송 등 전국 동화 대회에도 여러 번 나갔고, 갑자기 '동화 구연'이 나의 재능인 것처럼 돼버렸다. 이 소문은 중·고등학교에서도 이어져 수업 때 친구들이 "선생니임, 졸려요, 첫사랑 얘기해주세요" 하는 대신 "선생니임, 현수가 극장에서 ○○ 영화를 봤대요. 그 얘기 들어요" 하는 식이 됐다. 나는 동네 재개봉관에서 본 〈브레드레스Breathlss〉의 리처드 기어를 연기하며 저질 미국 춤을 추고, 드라마 〈그해 겨울은 따뜻했네〉의 나쁜 언니 유지인과 순둥이 동생 이미숙을 다중인격자처럼 왔다 갔다 하며 눈물 콧물 짰다. 친구들이 원하는 건 내가 들려주는 얘기라기보다 '수업만 안 할 수 있다면 뭐든 좋다'였겠지만, 그래도 시키면 최선을 다하는 성격상(맞아요, 저는 황소자리입니다) 수업 시간 내내 교탁 앞 무대에서 명연기를 펼쳤다.

　노래방도 마찬가지였다. 뉴욕에 가고 친구들이 몇 번씩 내게 노래방에 가자고 했으나 늘 정중히 사양했다. 나는 나를 알거든. 노래방에만 가면 효녀 가수 현숙에 빙의된 현수는 신들린 탬버린 춤을 추며 최선을 다한다. 그렇게 몇 시간을 쉬지 않고 박자 맞추며 춤추다 집에 돌아오면 그 여파가 몇 날 며칠은 갈 정도로 이제 나이가 젊지 않다. 그렇게 잘 피하던 어느 날 새벽 2시에 견가와 수지에게 양쪽 겨드랑이를 압박당한 채 맨해튼 32번가 노래방에 질질 끌려 들어갔다. 방에서 탬버린을 발견한 순간, '안 돼!'라고 속으로 외치며 비상계단으로 냅다 뛰어

도망치면서 "잡아라!" 하는 아이들 외침을 들으며 가방에서 전철 패스를 꺼내면서 전철로 슬라이딩했던 기억은 지금도 선명하다. 무대에서 최선을 다하지 못할 바에야 시작도 하지 않는 게 낫다.

그런 내가, 무대로 끌려 나갔으나 그대로 주저앉았다. 혹시 척추에 통증주사 맞아본 적 있는지? 마취성 주사가 깨지 않으면 정신은 멀쩡해도 다리는 내 의지와 상관없이 무릎을 꿇게 된다. 딱 그런 느낌이었다. 바닥에서 몸을 일으키려는 순간 편집장의 남편이 나를 발로 짓눌렀다.

"야, 거기 누워서 처자!"

내가 다시 일어나려 하자 그가 또 나를 발로 밟았다.

"그냥 쭈욱 자라니까?"

나는 일어나기를 포기하고 그냥 바닥에 웅크리고 누웠다. 다른 기자들이 나를 둘러싸고 춤을 추는 게 느껴졌다. 바닥에 누워 생각했다. 나는 이 순간이 죽고 싶을 만큼 괴롭지만, 술 취한 그를 말리지 못하는 저 사람들도 서로 민망하긴 마찬가지일 것이다. 그냥 내가 술 취한 개가 되어 바닥에 누워 이 순간을 기억하지 못하는 척하는 게 서로를 위해 좋다.

몇 년이 지난 후 술자리에서 우연히 그날의 이야기가 나왔는데 선배가 놀라며 말했다.

"나는 여태 네가 취해서 그걸 기억 못 하는 줄 알았어."

나도 그랬으면 좋겠네요 선배.

그건 그렇고, '백발 마녀전'은 언제 시작되는 거야….

백발 마녀전 2

오기와 승부욕이 그다지 없는 편이다. 누가 나를 해할 때 '그으래? 내가 어떻게든 널 밟아주겠어!'라든가 누가 나보다 뭔가를 뛰어나게 잘할 때 '내 한번 너를 이겨보리라!' 하는 마음 따윈 없고 '똥이 무서워서 피하냐 더러워서 피하지'라든가 '와, 잘한다 짝짝짝' 이런 식이라 엄마는 늘 나를 답답해했다.

"넌 오기도 없니!"

엄마가 그렇게 말할 때마다 나는 속으로 생각했다.

'내가 걔보다 체육은 못해도 미술은 더 잘하는걸.'

어쩌면 난 내가 잘하고 싶은 것, 관심 있는 것에서만 오기와 승부욕을 발휘하는 걸지도 모른다. 오랜 꿈이었던 영화지에서 글을 쓰는 일은 정말 내가 좋아하는, 잘하고 싶은 일이었다. 그래서 없던 오기가 발휘됐을 것이다.

'나는 당신보다 훨씬 젊고 능력 있는 사람이다. 앞으로 나는 당신을 넘어설 것이다. 시간이 한참 지난 뒤 결국 살아남는 것은 당신이 아니고 나다.'

출근 때마다 이런 생각을 했다. 당신이 이 세계에서 사라졌을 때도 나는 남아 있을 것이다. 그러니까 마지막엔 내가 승자다.

몇 년을 내리 아침부터 밤중까지 기계처럼 묵묵히 원고만 써대던 어느 날이었다. 마감을 끝내고 다 같이 신사동 어디쯤에 아구찜을 먹으러 갔다. 선배들이 중간에 차를 세우고 편의점에 들어가는 바람에 차 안에 나와 편집장 둘만 남았다. 어색한 침묵이 흘렀다.

"내가 이제 널 예뻐하려고."

"네?"

"그동안 네가 너무 미웠어. 송 주간이 밀어서 들어온 애니까. 그래서 너한테 못되게 굴었는데…. 몇 년을 끈질기게 나를 참아주는 바람에 내가 졌다. 그동안 잘 버티고 일 열심히 잘해줘서 고맙다."

꼬장꼬장한 편집장의 급고백에 난 초당황했다. 갑자기 나한테 왜 이럼? 내가 모처럼 있는 오기 없는 오기 다 짜내서 회사 다니고 있고만? 반신반의하는 표정으로 아무 말 안 하고 있는 내게 편집장은 이렇게 덧붙였다.

"XX가 너 못살게 구는 건 좀 봐줘라. 걔가 너한테 밀리는 것 같아 초조해서 그래."

순간 마음이 확 풀어졌다. 나의 노력과 고통이 보상받는 것 같아 안도와 함께 좀 뭉클했던 것도 같다.

정말 그 뒤로 편집장은 나를 예뻐했다. 그달의 가장 중요한 꼭지를 내게 배당하고 큰 영화사를 내게 넘겨 담당하게 했으며 좋은 출장을 보내줬다(근데 이게 좋아할 일 맞나? 쓰고 보니 일이 더 많아졌단 뜻인 거 같은데? 나 바보…?). 그리고 앞서 얘기한 여러 불미스러운 사건을 거쳐 위기에 처했을 때 편집장은 몇 달 동안 나만 데리고 미친 듯이 일하며 편집장으로서 나의 가능성을 다시 한번 테스트한 뒤 어느 마감 직전 회사를 나오지 않았다. 그의 뜻은, 내가 이 일을 잘 해내면 사장 이하 회사의 누구도 내가 편집장이 되는 것에 대해 이의를 제기하지 않으리라는 거였다.

나는 정신이 나간 채 그달의 마감을 끝내고 책이 나오고서야 그의 뜻을 알았다. 그렇게 나는 비교적 어린 나이에 잡지 편집장이라는 타이틀을 갖게 됐다.

내가 일했던 날들을 돌이켜 생각해보면, 가장 즐겁고 행복한 시간은 바로 〈프리미어〉를 만들 때였다. 가장 열정적으로 일했고, 일의 무게로 나를 학대하는 것에조차 전율을 느꼈다. 〈프리미어〉가 다시 좋은 사람들로 세팅되고 어느 정도 안정되어갈 때, 교정지를 기다리며 사무실 앞 순두부 가게에 가서 다 같이 소주잔을 기울이는데 이 생각이 스쳤다.

'나는 앞으로 무슨 일을 하든 이보다 더 행복하게 하진 못할 것이고, 이보다 더 좋은 팀은 만나지 못할 것이다.'

그 후로도 오랫동안 이런저런 일을 했지만 실제로 그랬다. 그런 순간은 다시 오지 않았다.

대신, 그 행복만큼 나는 백발을 얻었다. 바스티유 감옥에서 머리가 하얗게 세버렸다는 마리 앙투아네트의 몸종 정도도 안 되는 저입니다만, 어쨌든 나는 반백발이 되어 회사에서 '백발마녀'라는 별명도 얻었다. 〈백발마녀전〉 주인공 임청하의 미모에 비하면 발가락 때만도 못한 나로선 '마녀'란 단어가 담긴 이 별명이 싫지 않았어도 흰머리는 좋아할 수 없었다. 그래서 염색을 시작했다.

세상에서 제일 귀찮고 싫은 일이 뭐냐 물으면 염색이라고 답할 것이다. 당시에는 "아우, 있는 대로 받아들여. 자연스럽게 살아"라고 하는 친구들 얘기가 세상에서 제일 듣기 싫었다. 그렇게 말할 수 있는 건 네 머리가 지금 까맣기 때문이란다. 나중에 허옇게 되고도 그 말을 하는지 내가 두고 보겠다. 물론 그들도 지금은 머리 염색에 신경 쓴다, 하하.

그렇게 몇십 년의 염색으로 또 얻은 게 있다면 대머리다. 아, 잃었다고 해야겠네. 머리털을 잃고 정수리는 점점 훤해져 머리를 널 지경이 되면서도 염색을 계속하다가(심지어 우크라이나 미장원에서 얼굴이 홀러덩 까질 지경이 되면서까지) 어느 날 나는 염색을 중단했다. 내 의지는 아니었다. 코로나가 터졌기 때문이다.

작은 방구석에 혼자 몇 달을 갇혀 지내며, 어차피 밖에 나갈 일도 없는데 이참에 염색도 쉬자 싶었다. 사실 그런 시국에 염색할 의지도, 힘도 없었다. 창문에서 방문까지 열다섯 걸음도 안 되는 거리를 운동한답시고 하루에 몇 번씩 경보로 왔다 갔다 하다가 문득 거울을 보면, 하얀 뚜껑을 머리에 뒤집어쓴 늙고 낯선 여자가 나의 운동 의지를 꺾었다. 삼손의 머리털처럼 나의 에너지는 검은 머리에서 나왔던 것인가?

그러던 어느 날 동군이 코로나 감금 상황을 도저히 못 참겠다며 차로 나를 데리러 왔다.

"짐 싸서 우리 집으로 가자. 누나, 거기 그렇게 혼자 있다간 돌아버릴지도 몰라."

옷가지를 주섬주섬 챙기다가 문득 내 머리를 봤다. 뿜이가 충격받을 게 두려웠다. 이모가 아니라 할머니였어! 서랍에 봉인된 반다나를 꺼내 머리를 꽁꽁 싸맸다. 바로 그전 핼러윈 때

해적에 빠져 있던 뿜이는 캡틴 후크 분장을 했고 나는 반다나에 줄무늬 티셔츠를 입고서 〈피터팬〉의 스미가 되어 뿜이를 따라다녔으므로, 그냥 해적 코스프레의 연장으로 받아들여 주길 바랐다.

며칠을 뿜이네서 먹고 자고 했다. 아이들과 있을 때 가장 좋은 점은, 세상 시름을 잊는다는 것이다. 그런 걸 느낄 새가 없어! 뿜이에 뺌이까지 가세해 정신이 홀떡 나가! 뿜이가 책을 읽어달라며 내 왼쪽 무릎에 앉으면, 뺌이가 아무 책이나 들고 와 엉덩이로 뒷걸음질 치며 내 오른쪽 무릎에 앉았다. 넓은 마루를 두고 셋이 책상 밑에 웅크리고 앉아("아니, 왜 좁아터진 데서 셋이 뭉쳐 난리야! 책상 밖으로 나와!"—동군) 책을 읽고 블록을 쌓고 노래를 하고 그림을 그렸다.

뿜이가 깨어 있을 때는 반다나를 쓰고 놀다가 뿜이가 자러 들어가면 반다나를 벗고 술을 마셨다. 아이들이 잠든 한밤중에 나는 조용히 뿜이 침대로 기어들어 갔다. 아래 침대에선 뺌이가 자고 있었다. 아침이면 언제나 뺌이가 제일 먼저 깨서 침대 난간을 붙들고 나를 빤히 쳐다보는 게 느껴졌다. 그러면 곧 뿜이도 깨서 소곤소곤 뺌이에게 말을 하기 시작했다.

하와이의 어느 날 아침이 생각났다. 코로나가 터지기 전, 우리는 세 번 함께 하와이에 갔다. 하와이에서 뿜이는 첫걸음을 떼었고, 첫 수영을 했고, 생애 첫 도넛을 먹었다. 처음 하와이에 갔을 때부터 나는 돌이 막 지난 뿜이를 데리고 둘이서 잤다. 몇 년 동안 뿜이와 나는 간혹 둘만 있는, 또 그럴 수밖에 없었던 시간들이 있었다. 좋은 일 때문이기도 슬픈 일 때문이기도 했는데, 그럴 때마다 뿜이는 아무 투정도 부리지 않고 너무나 의젓하게 나와 함께 있어주었다. 하와이에서 처음 나와 잘 때도 그랬다. 물론 마루에는 자기 엄마·아빠가 있었지만 뿜이는 망설이지 않고 이모와 자는 걸 택했다.

보물처럼 세상에 온 뺌이가 우리의 세 번째 하와이행에 함께했을 때 동군과 홀리와 뺌이는 마루에서, 나는 역시 뿜이와 방에서 잤다. 새벽이 되어 뿜이가 깨더니 마루로 나갔다. 음, 그래 이모는 좀만 더 잘게….

하지만 곧 뺌이를 데리고 방으로 들어오더니 문을 닫고 말했다.

"뺌아! 엄마랑 아빠 자니까 우린 이모 방에서 놀자."

우당탕탕 덜그럭덜그럭. 뿜아, 이모는? 이모도 자는데…?

그 후 아이들은 좀 더 커서, 이모가 자게 내버려 두는 참을성을 갖게 됐다. 적어도 10분 정도는. 뺌이가 "이모…" 하면 뿜이가 "쉿! 이모 자"라고 어른스럽게 뺌이를 꾸짖으며 "이모, 자는 거 맞지?" 묻곤 했다(응…, 그래).

그런데 그날은 뿜이가 내 머리카락을 만지기 시작했다. 내 긴 뒷머리를 위로 끌어다가 거꾸로 뒤집어씌웠다. 한 가닥 한 가닥, 계속 뿜이는 내 머리를 끌어서 얼굴을 덮었다. 뭐지? 해를 가려주는 건가. 나는 자는 척하며 가만있었다. 한참을 그러더니 뿜이가 뿌듯한 목소리로 빰이에게 말했다.

"빰아, 이거 봐. 이러니까 이모 하얀 머리가 없어졌지?"

아무 내색 하지 않았지만 뿜이도 느끼고 있었을 내 흰머리에 대한 마음이 전해졌다. 이모 요즘 갱년기라 눈물이 좀 많은데….

백발은 짜증 날 뿐 아니라 미안한 것일 수도 있는 무엇이다.

언니 달려!

내가 뉴욕에서 1년 중 제일 기다리는 날에 대해, 친구들은 좀 의아해한다. 1924년부터 뉴욕 최고의 전통으로 내려오는 메이시 백화점 퍼레이드의 땡스기빙 데이! 물론 아니고(침대에 누워 귤 까먹으며 TV 생중계로 올해 새로 등장한 거대 풍선을 보는 건 좋아함. 날아라 스누피, 기어라 스파이더맨), 내셔널 맥주 데이(내셔널 핫도그 데이도 있는데 맥주 데이가 설마 없겠어 하고 찾아보니 4월 7일이다. 내년부터 이날도 사랑하며 축하하겠다)도, 저마다의 테마를 갖고 극적인 연출을 펼치는 쇼윈도들의 크리스마스도 아니다. 바로 뉴욕 마라톤 데이다.

달리냐고? 8,000보 이상 걸으면 무릎의 비명을 듣는 사람이다. 러닝머신 지루해서 혐오하고, 밖에 나가 좀 뛰어볼까 시도 해봤으나 5분 만에 가게에서 마음에 드는 물건을 발견하고 들어가는 사람이라 포기했다. 달리고 나서 마시는 맥주가 기가 막히다는 소문은 익히 들었지만 맥주는 그냥 마셔도 기가 막히고요…. 마라톤에 참여하지도 않고 심지어 달리는 것(움직이는 것)도 싫어하면서 왜 이날을 1년 내내 기다리는지, 친구들만큼이나 사실 나도 날 잘 이해하지 못한다. 하지만 정말로, 나는 이날을 기다린다.

계기는 실비아(앞에서 나온 나의 뜨개질 선생 실비아와는 다른 사람)다. 에콰도르에서 온 실비아가 퀸스 아스토리아의 집에 몇몇을 초대했다. 뉴욕에 도착하고 얼마 안 되어 브루클린 내 동네도 낯설 때인데, 아스토리아는 정말 별세계 같았다. 이집트, 그리스, 중국, 인도 등 온갖 간판과 함께 다민족 다국가가 자신을 드러내며 모여 있는 곳. 힙병 걸린 사람이라면 발 디디지 않을 곳에서, 난 그 유명하다는 뉴욕 조인트 버거를 먹기도 전에 실비아와 이집트 음식을 손으로 먹고 후카를 피웠다.

더 흥분되는 일은 실비아 집에서 일어났다. 실비아가 자기 집으로 초대한 이유, 메달. 10년째 뉴욕 마라톤에 참여하고 있는 실비아가 그해 받은 메달을 우리에게 보여줬다. 누군가가 물었다.

"몇 등 했는데 메달을 받았어?"

이게 얼마나 바보스러운 질문인지 그땐 전혀 몰랐다.

당시 실비아는 예순두 살, 가난으로부터 도망쳐 온 부모님 (물론 처음엔 불법체류자였을 것이다)의 이 영특한 딸은 영국 대학교의 장학생이 되었고 뉴욕으로 건너와 대학교에서 학생들을 가르치며 살다가 쉰이 넘은 어느 날 자신을 시험해보고자 마라톤에 빠지게 된다. 깡마른 몸에 무릎이 삐걱거릴 나이에 42.195킬로미터라니. 처음 참가한 몇 해 동안은 '완주' 자체가 불가능한 것처럼 보였다. 하지만 포기하지 않고 도전, 다음 해에도 도전, 그렇게 몇 회 거친 뒤 드디어 파이널 라인에 들어올 수 있었다. 그리고 '완주'를 의미하는 메달을 받았다. 이베이에서 9.99달러면 살 수 있는 메달이 아니다. 어떤 등수로도, 가격으로도 가치를 매길 수 없는 메달을 실비아는 우리에게 보여주고 싶었던 것이다.

사실 실비아가 메달을 '딴' 그해 뉴욕 마라톤 날에 나는 우연히 그 현장에 있었다. 일요일 아침 게으름 떨다 일어나 뭔가 주워 먹으려고 밖에 나갔더니 길에 인파가 장난 아니었다. 길을 건너야 좋아하는 델리의 샌드위치를 살 수 있는데, 으아 도저히 건널 상황이 못 됐다. 주자들이 뜸해질 틈을 기다리느라 잠시 서 있다가 나도 모르게 구경하기 시작했고, 어느덧 나는 좀 뒤로 물러나 기어들어 가는 목소리로 "고! 고!"를 따라 외치고 있었다. 그렇게 거의 한 시간을, 우물쭈물 길 건널 타이밍을 맞추지 못해 굶고 서 있었지만 묘한 흥분이 계속 남았다.

집에 돌아가 뉴욕 마라톤 웹사이트를 살펴보니 당시 살던 그린포인트 집 앞 큰길이 마라톤 고정 코스였다. 다음 해 그 아랫동네 윌리엄스버그로 이사했는데 그 앞길도 마라톤 코스였다. 이것은 운명이다, 마라톤에 참여하라는 운명. 달리는 것만이 참여는 아니므로 그때부터 매해 응원을 나간다.

가장 남쪽 스태튼 아일랜드에서 시작해 북쪽으로 브루클린, 퀸스, 브롱크스를 돌아 남쪽으로 내려와 맨해튼 센트럴파크에서 마무리하는, 그러니까 다섯 개 구를 이어서 뛰는 뉴욕 마라톤은 매해 11월 첫째 주 일요일에 열린다. 그런데 희한하게도 그날은 늘 수능과 짜고 치듯이 갑자기 추워진다. 달리지 않는 나로서는 이게 주자들에게 좋은 신호인지 나쁜 신호인지 잘 모르겠지만 하여튼 다치지 않길 바랄밖에. 먼저 휠체어와 핸드바이크 그룹이 출발하고, 다음 여성 프로 주자, 그 뒤로 남성 프로 주자, 그리고 아마추어 러너들이 출발한다.

9시쯤 TV를 틀어 스태튼 아일랜드에서 출발하는 주자들을 지켜보고 있으면 브루클린 중간 동네인 포트 그린에서 여자 선두 그룹을 응원하기 위해 나온 쥰과 친구들이 단톡방에 사진을 보내기 시작한다. 이때도 나는 미적거리면서 추운 바깥을 대비해 배 속에 뭔가를 채운다. 운 좋으면 남자 선두 주자 그룹과 마주칠 때도 있지만 아니어도 괜찮다. 일단 주자들이 뛰는 길을 따라서, 아니면 반대 방향으로 한참 걸어갔다가 다시 시작점으로 돌아와 선다.

집 길모퉁이에 있는 깁슨 바는 아마 나만큼이나 이날을 기다릴 것이다. 대형 스피커를 세우고 길이 떠나가라 틀어대는 깁슨 바의 응원가 선곡에서 모두를 제일 흥분시키는 것은 서바이버의 〈아이 오브 더 타이거Eye of the Tiger〉다. 빰빰빰! 빰빰빰! 전주가 흘러나오는 순간 깁슨에서 받아 온 맥주를 들고 길에서 호랑이 눈알을 찌를 듯 와왁대는 사람들은 이미 이게 마라톤인지 권투인지 분간 못 할 정도로 눈이 풀려 있다. 본 조비, 데스티니스 차일드, 마돈나, 신디 로퍼, 마이클 잭슨…. 스피커 우퍼를 찢을 듯한 노래들이 한 바퀴 돌고 다시 〈아이 오브 더 타이거〉, 마라토너가 지나갈 때마다 "고 로렌!" "고 케빈!" "고 에이프릴!" 주자들의 가슴에 쓰인 이름을 하나씩 외치며 응원하고 종을 흔들고 손뼉을 치고 또 〈아이 오브 더 타이거〉. 이 몇 시간 안에 감히 짐작할 수 없는 수많은 이야기가, 감동적인 순간들이 있다.

'이 보드를 터치하면 힘이 날 거예요!'라고 쓴 종이를 들고 서서 주자들이 그 종이를 쳐주길 기다리는 꼬마들(동네 아이 뿐이도 당연히 포함)은 늘 귀엽고, 주자의 가족 또는 친구들이 몇 시간을 기다리고 서 있다가 드디어 주자를 발견하고는 길 양쪽에서 자기들이 여기 있다며 같이 뛰는 것도 사랑스럽다. 길을 건너야 하는데 주자들을 방해할까 싶어 얼결에 같이 뛰는 사람들, 아주 날 잡고 자기가 내세우고 싶은 고향이나 생각 등의 문구를 몸 어딘가에 부착하고 달리는 사람들, 외면 또는 내면의 장애를 극복하고자 하는 사람들. 우연히 만나는 뜻밖의 주자들(동네 일본 마켓의 미도리 상, 간바레!), 더 이상 뛰지는 못하겠지만 걸어서라도 완주하고자 느릿느릿 발을 떼는 사람들. 언젠가 목발로 질주하는 여성 주자가 저만치서 보이자 깁슨 앞에 있던 사람들이 모두 약속이나 한 듯 양쪽에서 모여 팔을 번쩍 들어 인간 터널을 만들고 환호했던 순간은 평생 못 잊을 것이다(결국 경찰에게 혼나고 해산).

그렇게 2시가 넘으면 주자들도 응원하는 사람들도 드문드문해지고, 나는 차량 통제가 끝나는 6시가 되기 전까지 마지막 주자들을 응원하거나 산책하거나 장을 보며 차가 다니지 않는 길을 걷는 흔치 않은 호사를 맘껏 누린다. 그리고 그 뜨거운 가슴 그대로 집에 돌아와, 달리지 않은 뒤에도 맛이 기가 막힌 완주의 맥주를 마신다.

2020년에는 코로나 때문에 뉴욕 마라톤이 열리지 못했다.
그다음 해에는 어렵사리 열렸지만 나는 참여하지 못했다.

그래도 건배, 언젠가 꼭 다시 만납시다.

화장실이 부끄러운가 부끄럽지 않은가의 문제

처음 뉴욕 출장을 왔을 때 동생과 42번가에 있는 요시노야(당시 타임스 스퀘어에 일본 규동 체인점 요시노야가 있었다)에서 밥을 먹는데, 내가 화장실 가려고 일어서니 동생이 말했다.

"어디 가? 화장실이라면 참아. 흉한 꼴 보기 전에."

나는 그대로 주저앉았다. 대학 때 학교 근처에 있던 주점 화장실들이 주마등처럼 스쳐 갔다. 더러운 건 기본이고 대체 왜 그런 화장실은 바깥에 있는가, 왜 남녀 공용인가, 왜 문은 잘 잠기지 않는가, 왜 휴지가 '반드시' 없는가, 왜 열에 일고여덟은 물이 내려가지 않는가…. 화장실 한번 가려면 누군가를 대동해 밖에 세워놓았어야 하던 시절은 꽤 길었다. 화장실에서 좋지 않은 일들이 너무나 빈번하게 벌어졌기 때문이다. '술집

화장실에 갔다가 추행당했다'라는 게 도시괴담이 아니던 시절, 이런 일을 당하는 게 마치 여자의 책임인 것처럼 몰아가던 흉악한 때가 있었다.

회사가 강북에서 강남으로 이사했을 때, 후배 기자가 말했다. "저 강남 쪽 사무실로 와서 제일 놀란 게 뭔지 아세요? 여기 식당 화장실에는 모두 휴지가 있다는 거예요!"

화장실의 휴지마저 사치로 느껴지던 시절. 물론 이런 것들은 지금은 상상할 수 없는 일이다.

뉴욕의 화장실 상태는 괜찮은 편이다. 다만, 내가 웬만한 돈을 지불하는 곳에서는. 대부분 식당 문 앞에는 이런 문구가 붙어 있다.

'restroom for customers only(= 우리 화장실을 이용하려면 우리한테 밥값(또는 커피값)을 지불하렴).

프랜차이즈 식당이나 마트의 영수증에는 화장실 코드가 쓰여 있기도 한데, 그렇다고 해서 깨끗하단 얘기는 아니다. 한번은 파이브 가이즈에서 햄버거를 먹고 화장실에 갔는데, 누군가가 문을 덜컹덜컹 열려고 했다. 서둘러 손을 씻으려 했으나 계속 문이 덜거덕거렸다. 아니, 오래 있지도 않았는데 왜 저래? 갑자기 화가 치밀었다. 문을 여니 직원이 청소 도구를 들고 기다리다가 나에게 짜증 섞인 얼굴로 중얼댔다. 나도 열받아 맞

174

받아쳤다.

"왓더! 나 생리 중이라 시간 좀 걸렸다!"

손님이 화장실을 이용하고 있으니 직원인 나는 차분하게 기다리자, 이런 것 따위를 햄버거집에서 기대하면 안 된다.

그나마 인심 좋고 갈 만한 곳은 스타벅스다. 물론 100만 명의 사람들과 함께 차례를 기다려야 한다. 지하철의 공공화장실은 사건 사고가 워낙 잦아 대부분 폐쇄됐다. 공원에 화장실이 있기도 한데, 바지 갖다 버릴 거 아니면 이용하지 마시오.

처음 뉴욕에 왔을 때 제일 당황스러운 게 이거였다. 갈 만한 화장실이 이렇게 없다니. 물은 어떻게 안 마시고 버틴다지만, 선천적으로 약한 장은 골칫거리였다. 특히 여름에는. 상태가 이렇다 보니 나도 살아야겠기에 '급할 때 갈 수 있는 동네별 화장실 리스트'가 머릿속에 작성되기 시작했다. 유니언 스퀘어 근처다, 그렇다면 스트랜드 북스토어나 반스앤노블 위층에 있는 화장실로 간다. 서가 숲에 가려 깊숙이 있는 화장실은 사람들이 잘 모르기 때문에 비교적 편안하다. 30가 근처라면 로드앤테일러 백화점 꼭대기 화장실. 어차피 사람 없는 백화점이라 화장실도 한산하다. 뭐 이런 식으로.

그러던 어느 날, 웹 디자인 베이식 수업을 듣는데 선생이 '일상의 관심 요소 하나를 정해 웹페이지와 앱을 구현할 지도를 그려 오라'는 과제를 내줬다. 인도에서 온 치투는 '멘디 Mehndi'(신체에 타투처럼 새기는 인도의 전통 문양. 헤나 타투 같은 걸 생각하면 된다)에 대해, 타이페이에서 태어나 밴쿠버에서 살았던 샌디는 '서구화된 중국 음식'에 대해, 스케이트보드 디자이너를 꿈꾸는 제임스는 '스페셜 디자인 보드의 계보'에 대해 진지하게 파고든다고 했다. 그럼 나는? '뉴욕에서 맛있는 김치를 어디서 살 수 있는가' '최고의 만둣집은 어디인가' '혼자 멍때리기 좋은 곳은 어디인가'…. 근데 이런 것에 나 말고 누가 관심 있겠어. 그러다 갑자기 어제의 고민이 생각났다. '뉴욕에서 급할 때 갈 수 있는 화장실은 어디?'

프로젝트에 대해 처음 프레젠테이션하는 날, 내 첫마디는 이랬다.

"더러운 얘기 해서 정말 미안한데, 나는 선천적으로 장이 아아아주 나빠."

그리고 내가 뉴욕에 처음 와서 화장실 때문에 괴로웠던 역사를 풀었다. 나를 당황하게 했던 순간, 부끄러우면서 괴로운 경험, "아아아악!" 소리 지르면서 내달렸던 기억.

"그래서 나의 주제는 이거야. 'Where is a restroom?' 뉴욕에서 화장실 찾는 앱."

쑥스러워하며 얘기하고 있는데 클래스메이트들이 막 깔깔

대고 웃기 시작했다. 내가 우습니? 나는 심각해.

"그러니까 이런 거야. 내가 소호에 갔어. 갑자기 급해. 근데 사람마다 화장실 기준이 있어. 청결한가? 가까운가? 휴지가 있는가? 눈치가 보이지 않나? 조건에 따라 소호에도 갈 수 있는 화장실이 달라. 예를 들어 청결한 화장실을 원한다? 그럼 루이 비통 매장으로 들어가서 지하로 내려가. 물론 겉으로 화장실이 보이진 않아. 상품에 관심을 보이며 직원과 얘기를 해. 그러다가 물어보는 거지. 여기 혹시 화장실 있니? 그러면 거울처럼 보이는 문 뒤편의 화장실을 알려줄 거야." 굴하지 않고 계속 이어갔다. "근데 굳이 이렇게 연기를 하면서까지 화장실을 구걸해야 하나? 그렇다면 블루밍데일스 백화점 화장실에 가. 알지? 백화점의 원칙, 1층에 화장실을 두지 않는다. 2층부터는 피팅룸이랑 겹쳐서 복잡해. 블루밍데일스 소호에서 제일 한가한 화장실은 어딜까? 지하 남성복 매장이야. 남자라면 오래 걸리지 않아 좋고, 여자라면 거기가 남성복 매장이라 사람이 없어 좋아."

기타 등등 기타 등등. 화장실 프레젠테이션은 유니언 스퀘어로, 어퍼 이스트사이드로 이어지다가 마무리할 때가 됐다.

"그런데 이건 맨해튼 얘기고, 브루클린에서 화장실 찾을 생각은 하지 마. 그냥 배가 아프지 않아도 배를 움켜쥐고 아무 식

당에나 뛰어 들어가서 '이머전시emergency!!'라고 외치면 화장
실로 안내할 거야."

뻔뻔하게 발표를 마치자 아이들이 손뼉을 치며 환호했다.
오?

"굿잡, 수!"

웹 디자인 선생도 박수를 쳐줬다.

"엑설런트! 소 굿 소 펀!"

그래서 그걸 훌륭한 웹페이지로 구현했는가 하면 그건 다른
문제고…. 다행히 그 학교는 결과보다 그 디자인을 생각하기
까지의 스토리와 그것을 발전시키는 과정을 중요시했기에 나
의 하찮은 디자인들은 살아남을 수 있었다.

나이 들어 좋은 점은 웬만한 일에도 부끄럽지 않다는 것이
다. 만일 내가 20대라면 아마 이런 기획은 하지 않았을 것이다.
좀 더 아름답고 '뽀대' 나고 능력을 과시할 수 있는 기획을 경
쟁적으로 내놓으려 애썼겠지. 하지만 나이가 들면서 나는 결과
보다 '과정'을 중시하는 사람으로 바뀌어갔다. 이게 더 좋다고
말하는 것이 아니다. 무엇을 하든 내가 즐거움을 느꼈으면 하
는 사람으로 변했다는 것이다. 그리고 그 결과가 내 성에 차지
않더라도 불안해하거나 자책하거나 부끄러워하지 않는 사람
으로. 나이 탓인가? 아니면 오랫동안 너무 아등바등 살다 보니

에라 모르겠다 될 대로 되라, 그러면서 변한 것인가? 뭐가 됐든 나를 궁지로 몰아넣지 않는 지금의 내가 그다지 싫지 않다.

　젊은 나이에 직장에서 후배들에게 너무 무섭고 못되게 굴어 '백발 마녀'라는 별명을 얻었다는 얘길 앞서도 했지만, 그땐 정말 머릿속에 모든 것을 완벽하게 잘하고 싶다는 생각밖에 없었다. 온종일 일 생각만 하고 늦게까지 회사에 남아 일하는 내가 좋아 친구들도 잘 만나지 않았다. 이런 시절의 나는 뉴욕에 가면서 버렸다. 스스로 버린 건 아니다. 버려졌다.

　나를 바꾼 게 무엇이었을까. 어쩌면 실패의 경험이다. 그걸 실패라고 말하는 것 자체도 좀 싫지만 어느 날 돈, 일, 사람 모든 것을 잃은 자가 되어 쫓기듯이 뉴욕에 가며 생각했다. 내 인생에 몇 달쯤 버려도 그만 아닌가? 그땐 그렇게 아무 목표 없이 비행기를 탔다. 그때 뉴욕에는 스노우캣 작가인 권윤주 씨가 살고 있었는데 뉴욕을 정리하고 한국으로 들어오면서 집 계약이 어중간하게 남은 상태였다. 뉴욕에 오면 어떻겠냐는 윤주 씨 제안을, 나는 두 번 생각하지 않고 덥석 물었다.

　아무것도 버리지 말고 떠나달라고 부탁했다. 냉장고에 남은 음식조차도 버리지 말아달라고. 나는 잼을 사러 나가는 일조차 두려울 정도로 마음이 약해져 있었다. 윤주 씨는 잘 수 있는 매트리스와 이불, 책상, 화장실 청소 도구, 몇 가지 냉동식품 등을 가지런하게 정리해두고 그 집을 내게 넘겼다. 그 집에 처음 들어섰을 때의 마음이 녹아내리고 안심이 됐던 순간을 기억한다. 책상 위에는 윤주 씨가 그린 귀여운 지도가 한 장 놓여 있었다. 근처의 괜찮은 커피숍, 장을 볼 만한 가게, 샌드위치 맛있는 집, 작업하기 좋은 곳 등 이곳에서 내가 너무 낯설어하지 않도록 보듬어주는 지도였다. 그 지도가 얼마나 힘이 되었는지 아마 윤주 씨는 모를 것이다.

일부러 스마트폰을 개통하지 않았기 때문에, 읽고 싶은 책과 노트북을 들고 윤주 씨 지도에만 의지해 동네를 돌아다녔다. 와이파이가 되는 곳이면 컴퓨터를 켜서 이리저리 서핑했고 안 되는 곳에서는 책만 읽었다. 밖에 나가지 않는 날엔 마룻바닥에 길게 누워 맥주를 마시며 책을 보다가 신세 한탄을 하다가 울다가 했다. 사람을 거의 만나지 않은 채 그렇게 몇 달이 지났다. 연락할 방법이 끊기자 사람들도 서서히 멀어져 갔다. 나도 그들을 생각하고 고통스러워하는 날들이 점차 줄어들었다.

돌아갈 때가 되었지만 나는 돌아가지 않았다. 엎어진 김에 쉬어 간다고, 뭐 좀 더 게으름 떨면 어때. 반드시 잘해야 하는 일 말고 못해도 되는 일을 한 번은 하고 싶었다. 그리고 해보고 싶었던 일. 욕심이나 질투가 별로 없는 성격이지만 그래도 부러운 사람이 누구냐고 묻는다면 '그림 잘 그리는 사람'이라고 말하곤 했다. 내가 글을 잘 쓰는 사람이라면 아마 머릿속에 있는 그림들을 글로 술술 풀어냈겠으나 그러지는 못하고…. 사실 그런 서술형 재능보다 부러운 건 그 그림을 하나의 이미지로 표현하는 능력이었다. 그들도 내가 상상하는 것처럼 쓱 그려내는 건 아니겠지만 이 능력은 딱히 설명이나 통역 또는 번역을 할 필요 없이 자기 생각을 전달한다는(그것도 시각적으로 멋지게) 점에서 무척 매력적으로 느껴졌다.

내가 부러워하고 좋아하는 일러스트레이터 이우일 씨와 함께 홍대 쪽에서 술을 마실 때 내가 이런 말을 했더니 "그런 말할 시간에 한 장이라도 그리지?"라고 했다. 맞는 말이다. "그냥 잘하는 거, 하던 거 계속해"라고도 했다. 그것도 맞는 말이다.

중학교 때 엄마한테 미대에 가고 싶다는 얘기를 꺼냈다가 한 방에 잘렸다.

"가서 공부나 해!"

몇 번 조르다가 포기한 건, 아마 엄마의 강력한 반대보다 내게 그런 능력이 없다고 스스로 판단했기 때문인 것 같다. 대학에서 국문과를 택하고 수업 출석보다 수업 거부가 빈번했던 시절을 지나 미친 알바들을 하며 동기들보다 빨리 돈을 벌기 시작하고 제때 '월급' 받는 일을 잡을 때까지 이리저리 치이면서 결국 일을 잘하게 되기까지, 순간순간 떠오른 말은 '남의 돈 먹기 쉽냐'와 '공부가 제일 쉬웠어요'였다. 이 말의 포인트는 공부가 쉽다는 게 아니라 일과 달리 공부는 엉덩이 질긴 만큼의 성과를 보여준다는 뜻일 게다. '공부는 때가 있다'는 말도 정답에 가깝지만, 그래도 이왕 쉬어 가는 거 오랜만에 공부라는 걸 좀 해보고 싶었다.

그러던 어느 날 우연히 기회가 찾아왔다. 메트로폴리탄 뮤지엄Metropolitan Museum(이하 메트)에서 데생을 할 수 있는, 일종의 사치스러운 취미반 같은 수업을 신청했다. 학생들은 대부분 나이가 지긋한 분들이었다. 일주일에 한 번 메트로폴리탄 뮤지엄에 가면 선생이 그날의 주제에 맞게 어느 방에 데리고 가서 미술사와 작품 배경에 대해 설명하고 그중 뭔가를 따라 그리게 하는 수업이었다. 처음에는 그리스 미술관에서 시작했다. 그리고 로마로 넘어와 중세를 지나 여러 미술 사조를 넘고 넘어 미국관에서 마무리됐다.

나는 과거에 꿈꾸던 '미대생' 폼으로 큰 스케치북과 굵기별 수십 자루의 연필, 지우개, 스펀지, 휴지 등을 커다란 검정 가방에 넣어 일주일에 한 번씩 메트를 찾았다. 로비에서 선생이 메트 출입을 허용하는 컬러 핀(지금은 스티커로 바뀌었다)을 나눠

주면 가슴에 꽂고 미술관 안으로 들어가 그림을 그렸다.

　내 데생은 내가 봐도 좀 웃겼다. 비율이 하나도 맞지 않는 아폴로가 지나치게 큰 손과 발을 하고 가슴 근육을 내밀고 있는 식이었다. 얼굴은 더 어려웠다(난 정말 오래된 벽화를 복원한다고 예수 얼굴을 원숭이로 만든 그 스페인 할머니를 깊이 이해한다).

　그림을 잘 그리는 사람이 아니었기에 늘 다른 학생들보다 오래 걸렸고 미술관을 금방 뜰 수 없었다. 세 시간짜리 수업이 끝나면 바로 나와야 하는 게 아니라서 다행이었다. 낚시 의자에 웅크리고 앉아 정신없이 그리다 보면 어느새 메트는 문 닫을 시간이었다. 그리고 난 그 메트가 주는 정적의 맛을 알아버렸다.

　수업 시간뿐만 아니라 그냥 시간이 있거나 기분이 우울하거나 할 때도 갔다. 너무나 복잡해서 길을 잃기 십상인 메트가 어느덧 손바닥 안에 들어왔다. 나중에 견가는 나를 '메트 길박사' '메트 PhD'라고 불렀다. 하루에도 몇 시간씩 메트에 있다 보니 그 넓은 메트에서 그날의 기분과 날씨에 따라 조용히 숨어들거나 한나절 보내기 좋은 곳들도 알게 됐다. 나중에 좋아하는 친구들이 뉴욕에 올 때마다 난 뿌듯해하며 메트 안에서 내가 아끼는 장소에 친구들을 데려갔다. 혼자 오래 머물렀던 곳들을 같이 나누고 싶어서였다.

　석 달의 텀term 수업을 마치고 나는 또다시 같은 수업을 들었다. 선생도 같았다. 미라 톰슨이라는 아티스트로, 우아한 모습만큼이나 우아한 그림을 그리는 사람이었다. 어느 날 톰슨 선생이 물었다.

"수, 너는 아트스쿨 가겠다는 생각은 안 해봤니?"

"어려서는 했지. 근데 엄마가 반대해서….'

"지금은?"

"못 그려서 못 가. 그림 배워본 적 없거든."

톰슨 선생이 웃었다. "그림을 배운 적이 있다면 왜 아트 스쿨을 가지? 배운 적이 없으니까 가는 거잖아."

나는 뒤통수를 맞은 기분이었다. 아…?

"내가… 갈 수 있을까?"

"물론이지. 나는 너 같은 사람이 아트스쿨을 가야 한다고 생각해. 그림 그리느라 시간 가는 줄 모르는 사람."

메트에서의 경험과 얼떨결에 포트폴리오가 되어버린 그림과 톰슨의 추천서와 오랜 꿈 등이 더해져 결국 나는 아트스쿨에 갔다. 그리고 자식뻘 되는 학생들과 수업을 들으며 나의 느린 머리와 손가락을 타박하고 매 수업 프레젠테이션에서 쏟아내는 아무 말 대잔치 영어를 부끄러워하지 않으며(일단 뱉어서 시간을 채우느라 내가 뭔 말을 하는지 몰라 부끄러울 수가 없음) 거의 매일 주어지는 밤샘 과제를 위해 체력과 오기를 단련하면서 학교에 다녔다.

공부가 이렇게 재미있을 줄이야. '반드시 잘해야 한다'는 강박이 없으니 자유롭고 즐거웠다. 학점에 신경 쓰지 않고 '내 화장실은 어디인가'처럼 과정이 즐거운 작업 주제를 택했다(메트에 다녔던 경험은 이 과제에도 유효했다. 메트에서 제일 좋은 화장실은 미국관에 있고, 제일 한가한 화장실은 한국·중국·일본관에 있다). 타이포그래피 수업 때 '연대기'에 대한 과제가 있었는데 내 주제는 '내 음주의 역사'였고 중학교 3학년 수련회 때 선생님 몰래 마신 맥주로부터 시작해 지금 '알중이' 직전까지 술이 어떻게 내 몸을 해치지 않는 선에서 마음을 단련시켰는가에 대한 스토리를 타이포그래피와 인포그래픽스로 담아 긴 양피지 모양의 종이에 풀었다. 영어는 절대 세로쓰기하지 말라는 선생 말을 무시하고 영어로 하이쿠를 써서 책을 디자인하고 선생한테 눈총을 받았지만, 그래도 한번 해보고 싶었던 것을 했다는 것에 만족했다. 과정 하나하나가 즐거워서 밤을 새워도 새운 건지 잘 모르던 때였다.

이쯤 되면 내가 천부적으로 아티스트적 재능이 넘치는 사람이어서 대단한 그래픽 디자이너로 발돋움했다는 스토리가 나와야 하는데, 애석하게도 그러지는 못했다. 가끔 누구 브로슈

어나 만들어주고 지금 보면 실수투성이인 책『뉴욕 쇼핑 프로젝트』를 내가 디자인했다는 것에 그냥저냥 만족하는 정도다. 아직도 포토샵을 열면 버벅거리는데 무슨.

하지만 이 과정에서 내가 배운 게 있다면, 새로운 일을 즐길 수 있었던 것은 어떤 일이 닥쳐도 두려워하지 않을 수 있도록 그전에 나를 열심히 단련했기 때문이라는 점이다. 캐나다 몬트리올 출신의 록밴드 아케이드 파이어의 새 음악을 듣고 앨범 재킷을 디자인하라는 과제가 주어졌을 때, 그 노래에서 떠오른 것은 윌리 블로틴의 소설『모텔 라이프』의 편집 작업을 하던 과정이었다. 나는 아케이드 파이어의 노래 가사와 매치되는『모텔 라이프』페이지를 찾아 책의 한 구절을 읽는 듯한 앨범 커버를 만들었다. 과거의 나와 지금 나의 연결고리를 찾아서.

학교를 마치고 디자인 회사에서 일할 기회를 얻었으면서도 난 결국 다시 텍스트를 다루는 일로 돌아왔다. 배운 게 도둑질인 건 맞는데, 디자인 회사에서 왜 카피를 쓰고 있니…. 그래도 1만 시간의 법칙을 적용한다면 이제 시작일 뿐이니까. 하고 싶은 일을 시작하는 데 '늦음'이란 없다. 중요한 것은, 더디게 가더라도 포기하지 않는 것과 일단 결과에 초조해하지 않고 순간순간의 과정을 즐기는 것.

그런데 주정뱅이 경험담을 한참 풀다가 갑자기 무슨 실용서 같은 얘기냐…. 다른 건 하나도 안 먹히겠지만 이것만은 확실하다. 밤샘 디자인 과제를 하면서 마시는 술은 정말 달았다.

뉴욕에 온 손님 1

뉴욕에 사는 동안 한국에서 많은 친구가 왔다. 대부분 출장이었지만 휴가차 놀러 온 친구들도 있었다. 한국에서 자주 만나긴 했어도 낯선 곳에서 만나는 것은 또 다른 기분이고 의미도 사뭇 다르다. 왠지 더 가까워지는 느낌이랄까.

처음 뉴욕에 오고 얼마 안 됐을 때 우일 씨에게 연락이 왔다. 휴가차 뉴욕에 가는데 얼굴 좀 보자는 것이다. 뉴욕에 와서 만나게 되는 첫 한국 친구였다.

1년 동안 신혼여행을 다녀와서 이를 책으로 낸 특이한 경험의 소유자, 노빈손 시리즈와 만화 『도날드 닭』 등으로 유명한 일러스트레이터 이우일 씨와는 아주 오래전 영화 잡지 〈프리미어〉를 하면서 알게 됐다. 둘 다 20대, 한참 어렸을 때였다.

〈엘르〉 미술팀에서 그의 일러스트를 슬쩍 보게 된 나는 꼭 함께 작업하고 싶어 〈프리미어〉를 위한 그림을 의뢰했다. 그림체도 그렇거니와 나와 딱 맞는 유머 코드가 정말 맘에 들었다.

그때만 해도 일러스트레이터가 그림을 그려 사무실에 직접 들고 오던 시절이었다. 우일 씨가 작업물을 들고 그 큰 키로 휘적휘적 사무실에 들어섰다.

"안녕하세요."

"안녕하세요."

세상 어색한 첫 만남 이후 일러스트뿐만 아니라 고정 만화도 하면서 같이 일하다가 내가 단행본 출판으로 넘어가면서 표지 작업도 꽤 함께했다(이언 매큐언의 『이런 사랑』 『암스테르담』 『첫사랑, 마지막 의식』이나 닉 혼비의 『하이 피델리티』 『닉 혼비의 노래들』 『언 애듀케이션』 등. 닉 혼비의 아내이기도 한 영화 〈언 애듀케이션〉의 제작자는 한국판 표지가 너무 마음에 든다며 액자용 파일을 요청하기도 했다). 중간중간 인사불성이 될 정도로 술도 함께 마셨다.

일로써 시작했으나 그 정도 오래 알다 보면 어느 순간 일을 넘어서는 순간이 온다. 그림책 작가인 아내 선현경 씨도, 그들의 귀여운 딸 은서도 그렇게 알게 됐다.

셋이 뉴욕에 왔을 때 난 아직 만나는 사람이 거의 없던 때였다. 그때 마침 뉴욕에 있던 김영하 작가 부부와 다 같이 만나

밥 먹고 술 마시며 한참 수다를 떨었는데 무슨 얘기를 했는지는 잘 기억나지 않는다.

"브루클린 좋다! 살고 싶다!"

우일 씨가 그런 얘기를 했던 것, 아기 같던 은서가 어느새 나보다 키가 큰 중학생이 되어 놀랐던 것, 베트남 식당 사이공 마켓에서 처음 먹은 깍둑썰기 소고기가 맛있었던 것, 그때 다 같이 딱 한 번 가고 다시 못 가본 동네 술집이 나중에 미드 〈굿 와이프〉에 나왔던 것 정도만 생각난다.

일을 떠나서도 인연은 묘하게 계속 이어졌다. 그들 가족이 어느 날 포틀랜드로 이사를 가게 됐다. 포틀랜드에 한번 갈까…. 어쨌든 이 브루클린 윌리엄스버그의 힙스터 문화라는 것이 포틀랜드에서 건너온 것이라는 말도 있으니 궁금했다. 생각만 하고 몸이 움직이지 않던 때 내가 팝업숍 수즈굿을 하게 됐고 다급한 마음에 그들에게 연락했다.

'나 이러저러한 일을 하게 됐는데, 뭐가 됐든 좀 보내주라!'

그들을 좋아하고 또 신뢰하는 이유는 이거다. 주절주절 설명을 붙이지 않아도 알아서 딱 내 마음에 드는 것들을 보낸다는 것. 이우일 씨가 그린 그림, 선현경 씨가 자투리 천으로 손바느질해서 만든 브로치, 그리고 무엇보다 너무 놀랍게도 벌써 아티스트의 냄새가 나기 시작하는 딸 은서의 책 『포틀랜드 사람들』(포틀랜드에서 관찰한 사람들을 스케치한 모음집으로, 포틀랜드의 제일 유명한 서점 파웰북스Powell Books에서 팔기도 했다. 역시 피는 못 속이는 것). 작가의 캐릭터가 제일 중요한 물건만을 취급하겠다는 수즈굿에 딱 맞는 것들이었다.

그러던 이들이 포틀랜드에서 하와이로 거주지를 옮겼다. 내가 어렸을 때부터 아팠던 엄마는 한 30년 전쯤 당신의 몸을 덜 아프게 할 것 같다며 하와이로 떠났고, 엄마를 본다는 핑계로 나도 하와이에 드나들던 터였다. 그런데 그들이 하와이에 와 있다니 당연히 만나야지. 술을 사 들고 이 부부의 집으로 향했다.

현경 씨가 차려놓은 근사한 음식들에 술을 마시다가 엄마 얘기가 나왔다.

"이제 엄마가 거의 걷지도 못하셔서 너무 걱정이야. 운동이 필요한데 할 수가 있어야 말이지."

내 주정에 현경 씨가 말했다.

"내가 운동 좀 시켜드리면 안 되나? 나 요가 오래 했는데. 하와이에서도 꾸준히 하고 있고."

"아냐, 몸도 제대로 못 가누실뿐더러 울 엄마 성격상 남한테 폐 끼치는 거 못 참아."

"내가 정말 하고 싶어서 그러는 건데, 좀 여쭤보면 안 돼?"

사실 현경 씨가 꺼낸 말을 덥석 문 것은 오히려 나였다. 엄마가 이들을 얼마나 좋아하는지 알기 때문이다. 은서가 아주 어렸을 때 이들이 낸 책 중에 『옥수수빵파랑』이란 게 있다. 귀여운 일러스트 컷들이 곁들여진 이 일상 에세이를 어느 날 엄마가 읽더니 내게 말했다.

"정말 내가 아는, 글을 제일 편하고 재미있게 잘 쓰는 사람이야. 나는 내 딸이 이런 글을 썼으면 좋겠어."

왓? 엄마, 이 사람은 글 작가가 아니라 그림 작가인데…. 글을 업으로 삼고 있는 나는 좀 상처받았다. 엄마는 이전까지 나에게 글을 잘 쓴다고 말한 적이 한 번도 없었다. 아니, 내가 쓴 글을 읽은 적도 없었다. 나는 그들의 신혼여행기를 비롯해 몇 권을 엄마에게 가져다줬다.

"이우일 씨 그림 나 주면 안 되니?"

내가 우일 씨 전시에 갔다가 산 그림이 하나 있다. 고흐의 〈해바라기〉를 모티브로 한 그림이었다. 엄마가 하와이를 완전히 접고 생의 마지막을 보내기 위해 한국에 들어왔을 때, 난 그 그림을 엄마 집에 가져다가 걸었다. 엄마는 혹시 내가 그 그림을 다시 가져갈까 봐 늘 걱정했다.

"나는 저 그림이 너무 좋아. 보고 있으면 기분이 좋아져."

엄마가 이따금 나에게 못 박듯 말했다. 지금도 그 그림은 여

전히 부모님 집에 걸려 있다. 문을 들어서자마자 바로 보이는
그곳에.

"오지 말라고 하면 안 돼? 이런 괴물 팔이랑 다리를 보면 네
친구가 어떻게 생각하겠니."

현경 씨가 집으로 온다는 말에 엄마는 펄쩍 뛰었다.

"아이고 별생각을. 그냥 요가 선생님, 치료사라고 생각해."

난 엄마 말을 무시했다. 사람 편안하게 하는 데 탁월한 재주
가 있는 현경 씨는 엄마를 바로 무장해제시켰다. 엄마가 굽은
팔로 어색한 동작을 하며 쑥스러운 듯 말했다.

"제가요, 예전엔 요가를 곧잘 했거든요. 그나저나 만나서 정
말 반가워요. 어쩌면 그렇게 재주가 많아요?"

요가 수업은 내가 뉴욕으로 돌아가고도 계속됐고 현경 씨는
엄마에게 하와이의 유일한 친구가 되었다.

후에 현경 씨가 〈경향신문〉에 이날의 이야기를 쓰고 우일 씨
가 그림을 그렸다.

   며칠 전 하와이에서 친구를 만났다. 미국 다른 주에 살고
  있는 친구인데, 부모님이 이곳에 살고 계셔서 만나게 되었
  다. 이런저런 이야기를 나누다 친구 어머니 몸이 많이 불
  편하다는 사실을 알게 되었다. 몸이 불편하니 외출도 점점

안 하시고 요즘은 사람들 만나기도 꺼리신다며 고민했다. 자식들이 다들 하와이에서 먼 데서 살기에 자주 못 뵈니 더 걱정하고 있었다. 그 이야기를 들으니 내가 할 수 있는 일이 문득 생각이 났다.

일주일에 한 번 집으로 찾아가 요가 수업을 하면 어떨지를 물었다. 집도 멀지 않고 일주일에 한 번이라면 부담도 없다. 몸이 아프시니 최대한 스트레칭 위주로만 할 예정이니 꼭 하게 해달라고 떼를 썼다. 나도 이렇게 먼저 내 입으로 잘 모르는 사람을 가르치겠다고 말해보기는 처음이었다. 우리의 이곳 생활이 그리 긴 게 아니라 선뜻 해보겠다는 용기가 생겼다. 1년이라는 기간이 정해져 있다. 끝이 있으니 해볼 수 있다. 점점 외출도 안 하신다니 가끔 찾아가는 일이 어머니에게도 활력이 될 거라고 믿었다. 무엇보다도 내 시간을 누군가에게 나눠주며 귀찮고 싶었다.

마음이 통했는지 허락해주셔서 매주 한 번 시간을 정해 가게 되었다. 내심 좋아하시고 열심히 하신다. 하고 나면 몸에 피가 도는 것 같다며 아이 같은 미소를 지어 보이신다. 요가를 끝내고 수다도 떨고 오는데 내가 치료받고 오는 기분이 들 때도 있다. 지난주에는 공교롭게도 몹시 기분이 상한 날 요가 수업을 가게 되었는데, 수업 후 수다까지 떨었더니 팍팍했던 마음이 스르르 정리가 되었다. 집으로 걸어오는데 노래를 흥얼거릴 정도로 기분이 좋아졌다.

그래. 엄마 말대로 이러려고 사는 거다. 마음을 다해 시간을 할애할 누군가가 있기에. 내가 살아갈 수 있는 거다.

내가 하와이에 갔다가 뉴욕으로 돌아가고 며칠 안 돼, 엄마가 갑자기 쓰러져 하와이 병원에 입원했다. 뉴욕에서 이 얘기를 들은 내가 전전긍긍하는 사이, 현경 씨가 아무것도 먹지 못하는(미국의 병원 식사란…) 내 엄마·아빠를 위해 큰 냄비 가득 죽을 쒀서 병원으로 찾아갔다. 나중에 엄마가 전화로 "네 친구 덕에, 병원에 들어오고 나서 처음으로 뭘 좀 먹었다. 이걸 어떻게 갚아야 하니"라고 했다.

내가 빚이 많다.

뉴욕에 온 손님 2

한때 SNS에 떠돌던 얘기 중 '외국에 사는 친구를 방문할 때 고려해야 할 것들'이라는 게 있었다. 첨에 이 항목들을 보면서 글쓴이가 지나치게 예민한 게 아닌가 하는 생각도 들었다는 걸 고백한다. 어쩌다 보면 친구네서 잘 수도 있고 같이 먹고 놀고 할 수도 있는 건데 하나하나 조목조목 이렇게 신경질적으로 짚는 건 좀 지나친 게 아닐까 싶었던 거다. 그런데 역지사지, 이게 무슨 말인지 겪어보고서야 정확히 알았다.

타지에 나와 (그것도 여행지로 좋은 뉴욕, 런던, 파리, 도쿄 등의 대도시에) 사는 사람들은 이런 에피소드 한둘쯤 있다. I 는 고등학교 동창이 뉴욕에 놀러 오게 됐는데 사정이 좀 어려우니 자기 집에 묵어도 되냐고 묻기에 그러라고 했고, 그 친구와 함께할 장소 등을 생각해두었다. 하지만 9일이 지나도록 밥 한번 같이 먹자는 소리는 없고 집에는 친구가 쇼핑한 물건만 매일 불어난다고 토로했다.

"아침에 머리를 감으려는데 샴푸가 다 떨어진 거야. 그날 밤에 깜빡 잊고 미처 사다 놓지 못했는데, 친구가 그러더라고. '샴푸 없더라?' 나한테 왜 미리 사놓지 않았느냐고 비난하는 걸로 들렸어."

C는 한국에 갈 일이 생겼을 때, 마침 한국서 뉴욕에 놀러 오겠다는 친구에게 집을 빌려줬다.

"어차피 빈집이니까 그냥 깨끗하게 관리만 해주면 좋겠다고 생각했어. 근데 집에 돌아오고 나니 찬장이 텅 빈 거야. 내가 이탈리아 출장 때 사 온 올리브 오일 한 통까지 다 비웠더라고. 근데 그걸 어떻게 다 먹지? 혹시 쏟은 건 아닐까?"

C는 자기 친구가 그렇게 몰염치한 사람은 아니라고 믿고 싶어 했다.

이런 얘기들을 듣고 난 등골이 오싹해졌다. 혹시 내가 그런 사람인 적은 없었나? 외국 사는 친구네라면 초등·고등 절친인 LA 레아네? 나 그 집에서 꽤 여러 번 잤는데? 마트 가서 그 집 장은 봐줬나? 밥은 제대로 샀나? 너무 집에서 뒹굴거리면서 아침 드라마만 본 건 아냐? 심지어 레아의 유년 시절 친구를 보겠다며 레아의 LA 지인들이 몰려들었을 때 초긴장한 나는 마블링 좋은 고기와 술을 너무 입에 털어 넣고는 그만 아아아악….

"너 괜찮아? 왜 화장실에서 안 나와?"

레아가 화장실 문을 마구 두드렸다. 못 나가지. 내가 레아의 화장실 문을 잠그고 몰래 30분 동안 내 입에서 쏟아낸 것을 청소해야 하는 만행을 저질렀기 때문이다. 휴지와 화장솜과 면봉을 총동원하고서야 나는 겨우 화장실 밖으로 나왔다. 미안하다 친구야….

"야, 너 뉴욕 안 오니? 뉴욕 안 올래? 제발 우리 집에 좀 와!"

죄책감에 백번 간청한 끝에 결국 제일 추운 겨울 어느 날 레아가 뉴욕에 왔고, 난 겨우 아주 조금 안심했다.

그런데 생각해보면 이런 규칙은 다 부질없다. 모든 것은 그 사람이 나를, 내가 그 사람을 얼마나 좋아하는가의 문제이기 때문이다. 뉴욕에 온 많은 사람이 우리 집에서 묵고 갔는데 정말 불편했던 밤은 한두 번뿐이었고(거의 10~20년을 연락 한 번 없다가 "너 뉴욕에 있다며? 나 뉴욕 가는데 너희 집에서 좀 자면 안 돼?"라고 물었던 사람들의 경우 없는 경우라든지), 나머지의 방문은 모두 타향살이의 큰 즐거움이었다.

뉴욕에서 뭔가 많은 일이 벌어진다는 것은 내게도 행운이었다. 패션위크, 브랜드 촬영 또는 홍보 행사, 글로벌 회의, 관광청 일 등 뉴욕에서 만들어지는 일들 덕분에 뉴욕에 온 친구들이 나에게 자투리 시간을 내줄 수 있기 때문이다.

친구가 나에게 준 날들을 어떻게 쓸 것인가를 궁리하는 건 재밌는 일이다. 친구의 캐릭터, 성향, 체력 등에 맞게 장소와 시간을 이리저리 짜는데 '그들이 좋아할 만한 곳'과 '내가 꼭 데려가고 싶은 곳'의 합의점을 찾느라 나름 머리를 굴린다(물론 그들의 요청 사항을 들어주기 위해 애쓰기도 한다. 이를테면 "뿜이라는 아이를 나도 만나보고 싶어!"라고 한 하연과 류진을 위해 팬 미팅 자리를 마련한다든지). 이런 걸 선우는 '에디터 출신의 진행병'이라고 했다. MBTI에 J가 들어가는 것도 크게 한몫했을 것이다. 이런저런 이유야 많겠지만 결국 다 내가 좋아서 하는 일이다. 나는 친구와 뉴욕을 '여행'하고 싶기 때문이다.

홍대 근처에서 오랫동안 변함없이 맛있는 케이크를 만들고 있는 미카야가 뉴욕에 온 적이 있다. 이 친구와 내가 알게 된 건 미카야가 문을 열고 얼마 안 돼 그 집 케이크를 먹어보곤 맛에 너무 놀라 블로그에 쓴 일 때문이었는데(지금은 둘 다 블로그를 버렸지만), 그 후 내가 미카야 바로 앞 사무실로 옮기면서 친해졌다. 너무 더웠던 해의 여름, 내가 일하는 방까지는 에어컨

바람이 닿지 않아 그야말로 발을 디디면 뜨끈뜨끈한 찜질방이었다. 내 옷 중에서 제일 얇고 시원하고 보기 흉할 정도로 홀러덩한 옷으로도 땀복화는 피할 수 없었다. 얼음 탄 커피믹스와 가끔은 차가운 맥주로 찜질방을 버티던 나는 결국 일감을 싸들고 미카야로 갔다.

"나 죽을 것 같아…."

"어우, 여기 와서 일해."

미카야는 컴퓨터 코드를 꽂을 수 있는 자리와 시원한 커피를 늘 내주었다. 나는 미카야의 도움으로 그해 두 권의 책을 냈다.

그런 미카야가 뉴욕에 왔을 때 내가 제일 고민한 것은 '어떻게 하면 맛있는 디저트를 맛보게 할 것인가'였다. 뉴욕은 제과·제빵의 천국일 것 같지만 사실 그렇지도 않다. 물론 뭐가 많긴 많다. 그런데 우리 입맛에 맞는 디저트를 찾기란 그리 쉽지 않다. 결국 맛있다 싶으면 고급 레스토랑에서 비싼 요리 먹고 시키는 디저트, 아니면 일본 파티시에가 한 무엇, 뭐 이런 식이다. 한국에 흔하디흔한 '맛있는 케이크와 커피를 같이 즐기며 여유 있게 수다도 떨고 하는 카페' 같은 건 찾기 어려운 것이다. 프렌치 파티세리 셰프 도미니크 안셀이 크루아상과 도넛을 합쳐 '크로넛'이라는 걸 만들었을 때 그거 먹겠다고 뉴욕 사람들이 새벽 5시부터 줄을 섰던 것도 이해는 간다.

미카야가 왔을 땐 그나마 데려갈 만한 도미니크 안셀도 없던 때라 일단 부숑Bouchon에 갔다(부숑도 뉴욕이 아니라 욘트빌에서 시작한 것이긴 하다). 미카야는 종류별로 케이크를 죽 시켜서 한입씩 맛보고 포크를 내려놓았다.

"더 안 먹어?"

"이것저것 많이 먹어봐야 하니까. 하나를 너무 많이 먹으면 다음 것의 맛을 제대로 알기 어려워서."

아 그렇지. 역시 프로…. 물론 나머지를 다 먹게 된 내가 속으로 '예쓰!'를 외치고 있다는 내색은 하지 않았다. 뉴욕에서 편하게 맛볼 수 있는 웬만한 케이크는 다 먹었다고 생각했을 때 내가 말했다.

"근처에 오래된 이탈리안 카페가 있는데 가보지 않을래?"

뉴욕에 와서 군이 이탈리안 카페에? 이름도 위치도 잘 외우지 못하는 오래된 카페 비아 콰드로노Via Quadronno로 들어섰다. 뉴욕에서 카푸치노라는 걸 처음 시작한 곳은 그리니치 빌리지의 카페 레지오Caffe Reggio지만, 어퍼 이스트 사이드 엉뚱한 길에 있는 비아 콰드로노에서도 옛날 느낌의 카푸치노를 판다. 이탈리아에 온 것처럼 스탠드에 서서 카푸치노를 주문했다. 그리고 티라미수. 나는 이 집 티라미수가 뉴욕에서 제일 맛있는 티라미수라고 생각하고 미카야에게 인정받고 싶었다. 티라미수를 주문하자 스탠드에 있던 직원이 크림을 휘젓기 시작했다. 이곳은 이렇게 주문 즉시 티라미수를 만들어준다.

한입 맛보는 미카야를 쳐다봤다.

"어? 맛있는데?"

그러고는 티라미수의 레이어에 대해 설명하며 왜 맛있는지 말해주었다(지식이 짧아 그의 말을 그대로 전달하지 못하는 이 슬픔).

"뉴욕에서 먹은 것 중 제일 맛있네."

아, 이것이야말로 최고의 칭찬이자 보람이었다. 그날 밤새워 해야 할 과제도 잊었다.

"그렇게 말해주니 너무 좋다! 그런데 오늘 저녁때 순두부찌개 먹으면 안 될까? 속이 우욱….

미술을 전공하고 LA에서 패션 스쿨 선생 일을 하고 있는 나의 가장 오래된 친구 레아(어렸을 적 앞집 살았던 초등, 고등 동창)와 만날 때는 주로 먹기와 수다에 주력하지만(LA의 새로운 쇼핑몰 구경을 갔다가 일단 커피부터 마시자며 앉아서 세 시간인가 수다 떨다가 그냥 집으로 돌아온 적도 있다. 아니, 주로 그런 식이다), 레아가 한겨울 뉴욕에 왔을 때는 모마(뉴욕현대미술관)에 데려갔다.

뉴욕 살면서 하나의 멤버십 카드를 만들어야 한다면 나는 모마 멤버십을 추천하고 싶다. 처음 뉴욕에 갔을 때 윤주 씨가 내게 집도 내주었을 뿐 아니라 기간이 남은 모마 멤버십도 양도해주었는데, 멋모르고 모마에 가서 죽치고 앉아 있던 그 시간들이 돌이켜보면 내겐 큰 치유의 과정이었다. 많은 사람이 그러하듯 나 또한 '수련의 방'을 좋아한다. 소파에 넋 놓고 앉아 모네의 수련 그림을 한 시간씩 보다 보면, 그 겹겹의 물감 레이어 속 수련睡蓮이 곧 마음의 수련修鍊이기도 하다는 생각이 든다. 이렇게 조용한 시간을 가지려면 멤버십이 필요하다. 한 달에 한 번, '멤버 나이트'가 나만의 그 밤을 만들어주기 때문이다. 레아가 왔을 때 번잡한 낮의 뮤지엄보다 밤의 뮤지엄에 데려간 것도 그래서였다.

수련의 방에 들어갔다. 낮이라면 사람들 사이사이로 봐야 할 수련이 홀로 자리하고 있었다.

"야, 이게 무슨 호사냐. 수련을 독차지하다니."

레아가 우리 말고 아무도 없는 방에서 수련 앞에 한참을 서 있었다. 나는 수련을 마주한 레아의 뒷모습을 사진에 담았다.

밖에 나가니 그림처럼 눈이 내리고 있었다. 완벽한 하루였다.

뉴욕에 온 손님 3

황선우는 뉴욕에 꽤 여러 번 출장 왔다. 일정이 취소됐을 땐 자기 대신 가서 보라며 해럴드 핀터의 브로드웨이 연극 표를 보내거나(그 덕에 대니얼 크레이그와 레이철 바이스 실물 영접) 출장 오는 다른 후배 편에 한국 음식 보따리(손이 커. 커도 너무 커… '엄마 닮아서'란다)를 보내거나 했던 선우에겐 늘 '에디터다운' 좋은 계획이 있었다. 특히 음악 쪽으로.

뉴욕에서 처음 선우를 만났을 때 내게 물었다.

"브래드 멜다우 좋아해? 공연 예약했는데 같이 갈까?"

물론 너무! 그런데 이 약속에 사실 나는 너무 긴장했다. 고백하건대, 난 처음 가는 길에 대한 두려움이 있다. 운전을 싫어하는 것도 그래서다. 공연 장소는 뉴욕의 유명한 재즈 클럽 스모

크Smoke였는데, 문제는 처음 가는 동네이고 또 그전까지 맨해튼 100가 위로는 좀 무서워 밤엔 가본 적이 없다는 것이다. 보통 할렘이라고 뭉뚱그려 부르는 곳을 밤에 처음 가는 셈인데 그땐 내가 스마트폰도 쓰지 않던 때라 집에서 수십 번씩 길을 시뮬레이션해야 했다. 전철에서 남서 방향으로 나와 브로드웨이 길을 따라 남쪽으로 몇 블록….

바짝 긴장해서 한 시간이나 일찍 도착한 나는 일단 스타벅스에 들어갔다. 얼굴이 떨어져 나갈 것처럼 추운 날이었다. 스타벅스에 들어서자 바로 깨달았다. 얼굴색이 다른 사람은 나 하나라는 것을. 덩치가 엄청나게 큰 언니가 넌 여기까지 무슨 일로 왔느냐는 심드렁한 표정으로 주문을 받았다.

"뭐 줄까?"

"캐러멜마키아토."

"사이즈는?"

"톨."

"이름?"

"수."

커피가 나오는 동안 쫄보는 대충 창가에 자리를 잡았다.

"캐러멜마키아토 포 수!"

언니가 우렁차게 내 이름을 외쳤다. 내 앞에는 톨이 아닌 그란데 사이즈의 커피가 있었다.

"어…. 나 톨 사이즈 주문했는데…?"

내가 말했다.

"알아. 밖이 너무 춥잖아. 톨 사이즈로는 부족하지."

언니가 커피를 내밀며 내게 윙크했다. 아, 이 언니 표정은 '작은 동양 여자가 여긴 웬일이니'가 아니라 '이렇게 추운 날 밤에 무슨 일이니'였구나. 아니, 그는 별생각 없었을 것이다. 그날 밤이 너무 춥고 그냥 덜덜 떨며 들어온 손님에게 더 따뜻하고 많은 커피를 주고 싶었을 뿐. 내 편협한 생각과 편견에 부끄러워 죽을 것 같았다.

커피를 마시며 공연 시간을 기다리고 있는데 그가 청소를 하기 시작했다. 문 닫을 시간이 다가오고 있었다. 내 표정을 읽은 그가 말했다.

"괜찮아. 아직 시간 있으니까 천천히 마셔."

나는 그날 더 푸근한 마음으로 브래드 멜다우를 영접했다.

한번은 선우가 동거인 하나와 함께 뉴욕에 왔다. 그들이 오기 한 달 전부터 나는 밤에 기침이 끊이지 않아 고생 중이었다. 눕기만 하면 기침이 나는데 이게 '꾸에에엑쿠울럭퀄럭퀄럭 × 10' 수준이라 또 걱정에 휩싸였다. 기침에 좋다는 온갖 약을 털어 부었다. 이게 안 들으면 저거, 저게 안 들으면 또 딴 거, 급기야 기침은 게으름뱅이에게 배숙을 만들어 먹게 했다(그래도 낫지 않았고, 이유는 지금도 모른다).

선우가 일하는 동안 내게 맡겨진 하나는 정말 오랜만에 뉴욕에 오는 거라고 했다. 그렇다면 새로운 휘트니 뮤지엄부터. 하나의 취향을 탐색하기 전이긴 하지만 휘트니를 싫어하는 사람은 없기 때문이다. 한 층 한 층 둘러보는데 갑자기 하나가 얼어붙었다.

"선배! 저건…!"

하나가 놀란 눈으로 제이 드페오의 〈장미〉를 가리켰다. 사실 그전까지 나는 저 무거운 조형물 같은 작품을 그다지 관심 있게 보지 않았다.

"드페오의 〈장미〉!"

하나가 『우연한 걸작』이라는 책에서 처음 제이 드페오의 〈장미〉를 접한 얘기를 들려주었다. 나중에 김하나는 이날에 대해 썼다.

마음 깊이 사랑하는 책 『우연한 걸작』에는 제이 드페오라는 여성 화가와 그의 작품 〈장미〉 이야기가 나온다. 그는 이 작품에 집착하게 되어 11년간 그림이 점점 두꺼워져서 거의 1톤 무게에 달했다. 드페오는 상업적 전시 기회를 거설

했고, 나중에는 너무 커져 버린 이 작품을 방에서 꺼내기 위해 창틀과 벽을 떼어내고 여덟 명의 인부와 지게차를 동원해야 했다. 작품은 걸 데가 없어 미술관 창고에 놓였고, 물감 덩어리들이 무너져 내렸으며, 드페오는 암으로 죽었다.

휘트니 미술관 7층에서 다음 방으로 들어가는 순간, 나는 평생 어디에서도 볼 수 없을 거라 여겼던 〈장미〉와 맞닥뜨렸다. 보는 순간 너무 놀랐고 뭐라 설명하기 힘든 감정이 느껴져 눈물이 핑 돌았는데 겨우 참았다. 무엇이든 소화하는 데 오래 걸리는 나는 어제 뉴욕을 돌아다니는 내내 이 사람의 삶과 〈장미〉의 강렬한 이미지를 곱씹었다.

드페오는 언젠가 이런 꿈을 꾸다가 깼다고 말한 적이 있다. 미래에 다른 사람으로 다시 태어나게 되었는데 미술관에서 방에서 방으로 헤매던 중 갑자기 〈장미〉를 발견했다고 한다. 작품은 복원되어 있었고 어떤 사람이 그걸 뚫어지게 보고 있었다고 한다. 그는 그 사람에게 다가갔다.

"있잖아요," 그가 말했다. "그거 내가 한 거예요."

나는 이 이야기와 하나가 바로 '그 사람'이 되었던 순간이 두고두고 잊히지 않았다. 친구가 뉴욕에 왔을 때 어디 데리고 다니겠다고 설치는 건 나지만, 결국 얻어 가는 것도 늘 나다.

휘트니 뮤지엄의 성공에 자신을 얻은 나는 하나를 프릭 컬렉션에 데려갔다. 작은 뮤지엄임에도 과작 아티스트인 페르메이르의 그림이 세 점이나 있는 곳이다. 그림보다 어쩌면 더 놀라운 프릭의 저택을 둘러보고 조용한 중정에 앉아 있다가 저녁때 일이 끝난 선우와 합류했다. 금요일은 내가 메트로폴리탄에서 제일 사랑하는 밤의 뮤지엄 날이고, 좋아하는 친구라면 꼭 데려오고 싶어 못 견디기 때문이다. 셋이 거대한 창밖으로 센트럴파크의 밤이 짙게 드리운 이집트 덴두르 신전에 둘러앉아 있다는 것만으로도 난 좋았다.

"메트는 역시 금밤이지."

나는 친구들을 데리고 2층 테라스로 갔다. 금요일 밤, 도자기로 둘러싸인 메트의 2층 테라스는 갑자기 연주회장으로 변신한다. 커다란 공간의 울림 때문에 마스터피스 급으로 들리는 3중주단의 연주를 들으며 우리는 메트의 밤이 주는 와인을 마셨다.

아트에 취한 날들 뒤로는 아카데미 시상식이 기다리고 있었다. 〈기생충〉이 아카데미 후보에 오른 것을 놓고 "살다 보니 이런 일이!"를 연발하며 흥분하던 우리는 드디어 오스카의 밤, 집 옆에 있는 브루클린 맥주 공장에 가서 온갖 종류의 맥주를 잔뜩 짊어지고 집으로 돌아와 TV를 켰다. 그리고 술잔을 부딪

치다가 어느새 관람객에서 응원석의 진상 취객이 되어 "사랑도 명예도 이름도 남김없이"처럼 밑도 끝도 없는 노래와 춤을 연발하며 〈기생충〉의 수상에 기꺼이 취했다.

다음 날 예약된 마지막 만찬에 빙글거리는 머리를 싸맨 채 함께하고, 〈기생충〉 수상 소식이 실린 〈뉴욕타임스〉 1면 사진을 찍으며 다시 흥분하고, 그들은 한국으로 돌아갔다. 그제야 내 기침도 멈췄다.

친구들이 돌아가기 무섭게 뉴욕은 코로나로 쑥대밭이 됐다. 선우와 하나가 '혹시나'라며 주고 간 면 마스크(내가 그때 가진 유일한 마스크)를 매일 빨아 쓰고, 보여줄 누구도 없지만 이들이 가르쳐준 '구루뿌(롤)로 머리 힘주기'를 연습(이라 쓰고 가뜩이나 없는 머리카락을 뜯었다고 읽는다)하며 하루하루 보내던 날, 이들에게서 소포가 도착했다. 간편하게 먹을 수 있는 말린 채소 등과 함께 쌀이 들어 있었다.

"아니⋯, 쌀을 주문할 수 없다니 마음이 좀 그렇잖아."

선우가 말했다.

그리고 그해 5월 어느 날 밤 12시, 나는 이 친구들이 나만을 위해 마련한 우쿨렐레와 리코더 연주의 '서사음'(김하나와 황선우가 취미로 우쿨렐레와 리코더를 연주하는 '서울사이버음악대'의 줄임말) 공연을 침대에 누워 들으며 코로나 시대의 생일을 맞았다.

외로운 날에 건배

세상에는 많은 '날'이 있다. 어떤 날에 특별한 의미를 부여하는 이유도 사람마다 다르다. 누군가가 내게 1년 중 가장 의미있는('좋아하는'이 아님) 날이 언제냐고 묻는다면 생일이라고 답할 듯하다. 생일이라는 게 참 묘해서, 살면서 생일을 좋아했다가 싫어했다가 슬퍼했다가 괴로워했다가 등등을 반복하고 있다. 하지만 분명한 것은, 도망치려 해도 어쩔 수 없는 날이기 때문에 축하하고 축하받는 게 맞다는 거다. 이게 생일에서 도망치려 하는 친구들을 붙들고 파티를 하고 밥을 먹고 케이크의 초를 부는 이유다(나이 먹는 게 싫어지는 순간이 누구에게나 오지만, 그렇다고 생일에서 도망칠 수는 없습니다. 어딜!).

그리고 또 하루를 더 꼽으라면 크리스마스다. 이유는 잘 모르겠다. 종교적인 건 분명 아니다(그렇다면 부활절도 좋아했어야지). 기독교 초등학교에 다닌 탓에 교회를 좀 다녀보긴 했지만 그러기 전부터 크리스마스를 좋아했다. 그날은 뭔가 1년 중 제일 반짝거리고 즐겁고 행복해야 할 것 같은 기분이었다. 눈을, 계절 중 겨울을 제일 좋아하는 것도 한몫했을 것이고, 어려서부터 영화를 너무 좋아했던 내가 이때만큼은 전엔 듣도 보도 못 한 특별한 TV 영화를 볼 수 있었던 것도 그러했을 것이다.

그런데 너무 큰 기대에는 언제나 실망이 따라오게 마련이다. 기억나는 크리스마스가 별로 없는 이유다. 대부분의 크리스마스에 집에서 TV나 봤고, 다음 날로 넘어갈 때쯤 엄마에게 소리쳤다.

"오늘은 내가 제일 좋아하는 크리스마스인데! 이게 뭐야, 너무 재미없잖아!"

"어쩌라고! 너 좋아하는 귤이나 실컷 먹어!"

고등학교 들어가고 강하네서 크리마스 파티를 하게 됐을 때, 강하 어머니가 작은 독에 담그신 식혜를 바닥까지 다 털어 마시면서 비로소 좀 즐거워졌다. 그 후로는 죽 크리스마스를 친구들과 보냈다.

뉴욕으로 건너가 크리스마스를 맞았을 때, 뭔가 뜻깊은 날로 만들고 싶어 근질거렸다. 〈나 홀로 집에〉〈세렌디피티〉의 도시잖아. 내가 제일 좋아하는 영화감독인 노라 에프런의 영화 〈시애틀의 잠 못 이루는 밤〉이 시작된 날도 크리스마스다. 의미 있는 날로 만들기에 이보다 더 좋을 순 없었다.

자, 그럼 어딜 가야 할까? 제일 사람이 북적거리면서 나를 외롭지 않게 할 곳은 어디? 뉴욕 잘알못이었던 그때의 내가 찍은 곳은 타임스 스퀘어였다. 지금 생각하면 미친 거다. 명절에 사람이 터져 나가는 곳이라서? 아니다. 타임스 스퀘어가 제일 타임스 스퀘어 같지 않은 날이 바로 크리스마스다(크리스마스이브는 또 다르지만). 갈 데가 없기 때문이다.

호기롭게 밥을 먹으러 타임스 스퀘어에 나간 나는 찬바람 귀싸대기를 맞으며 문 연 곳을 찾아 헤매는 신세가 됐다. T.G.I 프라이데이나 버바검프 같은 대규모 프랜차이즈 식당까지 문을 닫았을 줄이야. 그제야 깨달았다. 여긴 한국이 아니다. 미국 크리스마스와 설은 모두 집에서 가족과 함께. 어디 나가 밥 얻어먹을 꿈도 꾸지 말아야 하는 것이다.

어찌어찌 라면 가게를 찾아 한 그릇 한 뒤 전철을 탔다. 그시간 늘 붐비던 동네도 이보다 더 썰렁할 수는 없었다. 세상에 이렇게 바보 같을 수가. 그래, 내 팔자에 무슨 행복한 크리스마스, 집에 가서 술이나 마시자. 인생에서 가장 괴롭고 외로운 크리스마스를 눈앞에 두고 있을 때, 집에 도착하기 3분 전쯤 길

목에 있는 술집을 지나가게 됐다. 당연히 불은 꺼져 있고 문도 닫긴 듯한데 이상하게 음악 소리가 흘러나오는 느낌이었다. 뭐지? 문을 한번 밀어봤다. 그 어두컴컴한 속에서 너덧 명의 시선이 모두 내게 향했다. 불도 다 켜지 않은 채 카운터에서 끼리끼리 술을 마시던 사람들이 일제히 문 쪽을 돌아본 것이다.

"아, 미안! 지나가다가 한번 들러봤어. 방해해서 미안해."

내가 너무 당황해 돌아나가려는 순간, 누군가가 소리쳤다.

"기다려! 에그노그 한잔하고 가!"

에그노그? 나에게 에그노그란 무엇인가. 〈알프스의 소녀 하이디〉를 아시는지? 어려서 애니메이션을 열심히 볼 때 제일 뇌리에 꽂힌 것은 클라라의 집에서 하이디가 할머니 갖다 드리고 싶어 모았던 '하얀 빵'이었다. 동그랗고 말랑말랑하고 김이 모락모락 나는, 세상에 없을 부드러운 맛일 듯한 하얀 빵. 그게 뭔지는 모르겠지만(삼립식빵이면 감사하던 때에 그런 빵이 뭔지 알 게 뭐야), 아무튼 저세상에서나 먹을 수 있을 것 같은 그 빵에 대한 판타지는 정말 오래갔다(원작의 표백 밀가루로 만든 흰 색깔 빵을 미야자키 하야오가 만든 애니메이션에서 클라라 같은 부잣집에서나 먹는 빵으로 잘못 해석했기 때문에 나처럼 오해하는 사람이 생겨났다는 게 나중에 밝혀졌다). 에그노그도 그랬다.

몇십 년 동안 미국인들이 제일 좋아하는 크리스마스 영화의

자리에서 내려오지 않는 〈멋진 인생 It's a Wonderful Life〉에서 아마
처음 에그노그라는 것을 들어봤을 텐데, 그땐 에그가 뭔 뜻인
지도 잘 모를 정도로 너무 어릴 때라 에그노그가 술이라고는
생각하지 못했다. 맛있어 보이는 따뜻한 식혜 정도인 줄 알았
겠지. 그러다가 나중에 역시 최고의 크리스마스 영화 중 하나
인 〈다이하드〉에서 브루스 윌리스가 '난닝구' 차림으로 눈밭
에서 빡빡 기며 에그노그와 크리스마스트리 같은 것들이 있는
평범한 크리스마스 타령을 할 때, '아, 저건 하이디 하얀 빵의
음료 버전이다! 뭔지 모르지만 끝내주게 맛있을 것이다! 먹어
야 한다!'고 다짐했다.

그렇다. 그래서 스타벅스 같은 데서 겨울 음료로 내놓는 에
그노그 커피 따위 말고 진짜 에그노그를 마셔본 적이 없는 나
로선, 낯선 가족(친구) 모임에 뻘쭘하게 끼는 짓은 하지 않는 나
로서도 동네 술집이 권하는 에그노그의 유혹은 떨칠 수가 없
었다. 얼어 죽을 것 같은 추위에 〈다이하드〉를 재현하는 듯이
짧은 하와이언 셔츠를 입고 산타 모자를 쓴 바텐더도 나의 망
설임을 덜어주었다.

어색어색 쭈뼛쭈뼛 바에 앉았다. 바텐더가 거대한 투명 플라
스틱 통에서 국자로 에그노그를 뜨더니 물컵에 담아 내밀었다.

"자, 일단 한 잔에 5달러라 치고. 맛있으면 더 마셔. 이렇게

많아."

나는 내 인생 첫 에그노그가 담긴 잔에 입을 갖다 댔다. 너무 떨다 들어온 탓인지 실내의 따뜻한 열기만으로도 일단 에그노그 맛에 100점을 주고 싶었다. 그리고…, 마셔본 사람은 알겠지만 에그노그는 정말 맛있다. 이곳은 이전에도 이후에도 내가 뉴욕에서 제일 좋아하는 술집이니 에그노그도 더 맛있게 느껴진 걸 수도 있다.

어둠에 익숙해져 옆을 살펴보니, 지인 모임도 아닌 듯했다. 특별히 화려하게 뭔가를 하지는 않지만, 대충 아무거나 걸치고 동네에 나와 크리스마스다운 술을 마시며 자신만의 크리스마스를 보내는 사람들일까, 나처럼. 나지막한 캐럴을 들으며 나는 에그노그를 꽤 여러 잔 마셨고 적당히 취했다. 그리고 이날이 평생 가장 기억에 남는 크리스마스 중 하루가 되리라는 것을 알았다.

따뜻하고도 쓸쓸한 에그노그의 밤은 그 후엔 없었다. 바보 같은 산타 모자를 쓰고 뿜이네서 가족 모임을 하거나 한국에서 크리스마스 선물처럼 도착한 마일로를 만나거나 말 구유를 구경하러 견가와 세인트 패트릭 성당에 가거나, 하여튼 나는 뭔가를 하려고 애썼기 때문이다. 외롭지 않기 위해 애쓰는 일이 오히려 외롭게 한다는 것, 안다. 설사 그렇다고 하더라도 이런 안간힘을 쓰는 내가 안쓰럽거나 바보스럽지는 않다. 외롭고 싶지 않은 단 하루의 날에 외롭더라도, 때로는 뜻하지 않게 찾아온 밤의 에그노그 같은 것 덕분에 잊지 못할 날이 만들어지기도 하기 때문이다.

2년 전 크리스마스에는 한국에 있었다. 엄청나게 추웠음에도 어떻게든 크리스마스에 어울리는 무언가를 하고 싶어 무조건 삼청동으로 나섰다. 좋은 전시야말로 크리스마스에 딱이지. 하지만 나는 역시 바보였다. 모든 갤러리가 문을 닫아 길이 썰렁하기 그지없었다.

칼국수나 뜨끈하게 먹을까? 황생가칼국수에 들어가 국물까지 싹 비웠다. 담엔 커피? 옆 블루보틀에서 한 잔 사 들고 바깥에 앉았다. 기온은 낮았지만 볕이 좋았다. 오늘의 기록. 커피를 놓고 사진을 찍었다. 마침 뉴욕에서 신에게 문자가 왔다.

'크리스마스인데 뭐 하시오?'

삼청동을 걸어 올라가며 신과 한참 문자를 주고받았다.

'너 부러워할 만한 거 사러 가지. '서울에서 두 번째로 잘하는 집' 단팥죽!'

'아, 진짜 부럽다! 너무 먹고 싶다!'

여전히 고상하고 꼿꼿한 주인 할머니에게서 단팥죽 세 그릇을 받아 들고 붇기 전에 서둘러 집으로 향했다. 엄마, 아빠와

서울에서 제일 맛있는 단팥죽을 크리스마스 저녁으로 먹기 위
해서였다. 아이가 있는 집엔 크리스마스트리가 있어야 한다며
몇십 년 동안 한 해도 트리 장식을 거르지 않던 엄마가 그해만
큼은 하지 않겠다고 우기셨다. 나는 엄마 말을 무시하고 거의
30년 된 가짜 나무를 꺼내 오너먼트를 빽빽하게 채우고는 불
을 켰다. 그리고 엄마의 휠체어를 트리 앞에 끌어다 놓고 슈톨
렌이 담긴 접시를 내밀었다.

"단팥죽도 달아 죽겠는데 이걸 또 먹어?"

엄마는 단걸 싫어한다.

"그냥 한번 잡숴봐. 크리스마스잖아."

이것이 엄마와 보낸 마지막 크리스마스였다.

꿈의 비행

누군가가 뉴욕 출장을 마치고 한국으로 돌아가는 비행기 안에서, 꼬리 쪽에 앉은 탓에 비빔밥이 자기 차례까지 오지 못해 못 먹고 울었다는 얘기를 들었다. 출장의 고단함, 비빔밥의 소중함 그리고 뉴욕과 한국 사이 버텨야 하는 긴 시간을 극명하게 보여주는 얘기다. 뉴욕과 한국 간 비행시간은 열네 시간, 밥을 두 번 먹고 중간중간 라면도 한 번, 간식까지 챙겨 먹고 영화를 일곱 편 정도는 봐야 끝나는 장거리다. 비행기에서 잘 잠들지 못하는 사람이라면 미치거나 취하지 않고는 견딜 수 없는 시간.

미치는 대신 만취를 택하는 나와 절친들이 바라는 꿈의 여행이란 이런 것이다. 무리해서 비즈니스 옆자리에 같이 타! 여기 잔 두 개요! 면세점에서 산 술을 마셔! 병이 비면 비행기에 실린 술을 다 털어! 승무원니임(최대한 귀엽게), 왔다 갔다 하기 귀찮으실까 봐 그러는데 잔으로 주지 말고 그냥 여기 병을 놓고 가시면 안 돼요…?

그런 꿈의 여행이 가능하다는 것을 난 오래전 올랜도 출장길에 처음 알았다. 초짜 기자 시절, 영화사에서 개봉 예정인 영화의 올랜도 취재에 몇몇 기자를 데려가면서 비즈니스 클래스를 제공한 덕에 난생처음 비즈니스 칸을 경험하게 됐다. 옆자리엔 끝에 '님' 자를 세 번 붙여도 모자랄 모 신문사 대선배 기자가 타고 있었는데, 이륙과 동시에 상 위에 시나리오 몇 권을 턱 올려놓더니("영화사에서 좀 검토해달라고 하네?"란 선배 말을 듣고 '짱멋이다, 나도 저런 날이 오면 비행기에 시나리오를 들고 타야지'라고 생각했으나, 막상 그런 날이 오니 그건 개똥품이라는 걸 알았다. 시나리오가 얼마나 무거운데…. 물론 지금은 PDF지만 말입니다) 승무원에게 와인을 부탁하고는 마시기 시작했다.

"너도 마실래?"

"아, 아닙니다, 선배니임."

당시만 해도 술을 잘 마시지 못했던 (시한부) 맑은 간의 소유자는 술이 끝없이 들어가는 선배의 목구멍을 슬쩍슬쩍 쳐다보며 비즈니스석에서는 좋은 술을 꽤 즐길 수 있다는 것을 알았다(물론 비행기 안에서의 과음은 패가망신을 면치 못합니다).

그리고 한참 지난 뒤, 내게 난생처음 일등석 탑승이라는 전무후무한 일이 생겼다. 뉴욕-서울 간 일등석. 비행기 좌석이라기보다 문 달린 작은 방처럼 생긴 일등석은 내 좁은 침대에서 뒹굴거리는 짓거리 그대로 하게끔 넓고 옷장까지 있었으며, 옆자리에 누가 탔는지 무엇을 먹는지 전혀 알 수 없을 만큼 거리가 멀었다. 하지만 한순간이라도 졸면 아까워 죽을 이 호사스러움 속에서 열네 시간을 꼬박 뜬눈으로 비행했다. 일등석의 호사에 흥분했기 때문은 아니었다.

　엄마가 쓰러졌다는 동생의 전화를 받고 급하게 항공권을 구하려고 항공사에 전화했으나 무슨 일인지 좌석이 한 자리도 없었다. 친구들이 항공사 지인까지 총동원했으나 나를 위한 표는 구해지지 않았다. 짐을 싸서 무작정 공항으로 향했다. 항공사 직원도 안타까워하면서 "일단 기다려보시죠…. 하지만 오늘은 어째 자리가 날 것 같지 않네요"란 말만 반복했다. 몇 번 데스크를 왔다 갔다 하고 탑승 시간이 코앞에 다가왔을 때 직원이 말했다.

　"사실 딱 한 자리가 남아 있긴 한데…, 일등석이에요. 제가 고객님 마일리지를 살펴보니 편도로 일등석을 타실 수는 있을 것 같은데요."

　사람이란, 아니 나란 인간은 참 간사하고 나쁜 년이라고 지금도 생각한다. 내가 기를 쓰고 모아둔 8만 2,000마일에서 2,000마일 남기고 다 써야 겨우 왕복도 아닌 편도 티켓 하나를 구할 수 있다는 말에, 나도 모르게 순간적으로 망설였다. 지난번에도 엄마는 두어 차례 쓰러지셨고 내가 공항에서 바로 병원으로 달려가 일주일 꼬박 엄마 옆을 지키느라 병원 밖으로 나오지 못할 정도였는데도 결국 회복하셨다. 그런 일을 몇 번 겪다 보면 사람은 좀 무뎌지고, 희망에 기댄 헛된 믿음을 갖기 시작한다. 이번에도 별일 없을 거야. 내일 가도 늦지 않을 거야. 그런데 인생은 참 야속하게도, 그 한 번의 결정에 돌이킬 수 없는 일을 겪게 하기도 한다. 그 한 번이 평생 지울 수 없는 상처를 남긴다. 이번이 그 '한 번'이 되지 않게 하려고 사람은 결정과 결심이라는 것을 하는 것이다.

일등석 라운지는 으리으리할 줄 알았는데 별것 없었다(뉴욕 JFK 공항 1터미널이 오래돼서일 것이다). 새벽 1시 출발을 기다리며 라운지에 멍하니 앉아 있었다. 음악도 듣기 싫고, 어제 보던 영화도 마저 보기 싫고, 속을 채우고 싶지도 않고, 아무 생각도 하고 싶지 않았다. 그때 신에게 전화가 왔다.

"언니, 괜찮아?"

"응, 체크인하고 들어왔어."

잠시 둘이 아무 말 하지 않았다.

"언니… 잘했어. 잘한 거야."

누가 먼저랄 것 없이 우리는 갑자기 울기 시작했다. 신이 왜 내게 이 말을 하는지 너무나 잘 안다. 그때 나에게 망설임 없이, 거리낌 없이 이 말을 해줄 수 있는 단 하나의 친구가 신이었다. 자신의 경험에서 나오는 어떤 후회를 친구가 되풀이하지 않게 하려고 내는 용기와 격려. 우리는 지금 닥친 어떤 일의 다급함보다 앞으로 두고두고 후회할 일을 만들지 않기 위해 많은 결정을 한다. 8만이 아니라 8,000만 마일을 주고도 보상될 수 없는 후회를 하지 않기 위해. 하루 동안 참았던 눈물이, 사람 드문드문한 한밤의 조용한 일등석 라운지를 소란스럽고 주책스럽게 채웠다.

그렇게 시간이 좀 흐른 뒤, 신이 나에게 기운 내라고 하더니 이렇게 덧붙였다.

"언니…. 일등석 술은 정말 좋대. 최고급 와인이래. 뭐가 나오는지 궁금하다."

내가 인정하는 최고의 주당 신의 말에 갑자기 정신이 번쩍 들었다. 힘이 났다. 웃음이 나오기 시작했다. 꺽꺽과 낄낄이 대책 없이 뒤섞였다. 이제 비행기를 탈 시간이다.

현수야, 잘잘 있어~

비정상적 노을

브루클린 집에서 죽 살았던 이유는 움직이기 귀찮아하는 게으름 때문이기보다 창 때문이었다(구차한 변명입니다!). 좁은 방 한 칸에 대문과 마주 뚫린 창문은 한겨울 칼바람을 통으로 맞닥뜨리게 했지만 맑은 날에는 그만큼의 햇볕을 허용했다. 난 그 창이 보여주는 풍경을 '나의 금 뷰'라고 불렀다.

어느 겨울 눈이 거의 한 달 가까이 왔을 때 사람들은 지겹다 지겹다 노래했지만 난 아니었다. 창밖 눈 쌓인 마당이 매일같이 예뻤기 때문이다. 그리고 물탱크. 창과 마주하고 있는 낡은 건물의 옥상 물탱크가 나는 왠지 너무 좋았다. 친구가 '왜 그렇게 저 물탱크를 좋아하냐'고 물어본 적이 있을 정도로 이상하게 그 물탱크를 사랑했다. 지금 사는 집 벽에는 몬이가 찍은 커다란 뉴욕 사진이 걸려 있는데, 몬이의 많은 뉴욕 사진 중에 이것을 택한 이유도 물탱크 때문이었다. 물탱크의 풍경을 더 기가 막히게 만들어주는 건 노을이었다. 말로 형용할 수 없는 노을이 시시각각 수백 가지 색깔과 모양을 만들어내며 물탱크를 지나가는 저녁이 있다. 그럴 때마다 내게 이런 날이 주어져도 되는 걸까, 행복이 별거냐, 늘 생각했다.

코로나가 터지고 집에 갇혀 지낼 때도 내게 이 창이 있어 다행이었다. 아침에 눈뜨면 문에서 창까지 5분 정도 빠른 걸음으로 왔다 갔다 운동 아닌 운동을 하는 것 빼고는 거의 온종일 창가에 앉아 지냈다. 상자를 책상 또는 밥상처럼 창틀에 놓고 의자 두 개를 갖다 두고서 밥 먹고 일하고 글 쓰고 책 읽고 음악 듣고 그날의 무료 공연을 보고 친구와 전화하고 술 마시고 의료진을 향해 손뼉을 치고, 하루의 모든 일과를 창가에서 했다. 아침에 구글홈에 아무 재즈나 보사노바를 틀어달라고 주문하기를 며칠 반복했더니 어느 순간부터 오후 5시에서 6시 정도가 되면 척 맨지오니의 〈필 소 굿Feel So Good〉이 흘러나왔다. 아 오늘도 어떻게 지나가긴 했네, 다행이다. 노을이 유난히 아름다운 저녁이면 마무리로 이보다 더 좋을 수 없었다. 열심히 사진을 찍어 친구들에게 보내며 내일의 불안을 다독였다.

그날의 노을도 지나칠 정도로 아름다웠다.

내가 한국으로 돌아오고 1년쯤 뒤, 신이 잠깐 뉴욕에서 한국으로 왔다. 엄마가 쓰러져 내가 도망치듯 갑자기 한국으로 돌아온 데다가 코로나 때문에 막판에 잘 만나지도 못했기 때문에 난 신을 만날 생각에 들떴다. 코로나로 살벌한 공항에서 신을 픽업해 집에 데려다주면서 우리는 한국에서 뭘 할지 마구 머리를 굴렸다. 뭐 먹고 싶어? 어디 가고 싶어? 병석에 있는 엄마를 돌보느라 좀 지쳤던 나는 신이 한국에 온 것만으로도 벌써 너무 흥분됐다.

한국에 오기 전부터 신이 내게 부탁한 것이 있었다. 이천에 있는 한 도예가의 작업실을 방문하고 싶다는 것이었다. 미술을 전공하고 패션 디자이너 일을 하다가 어느 순간 그만두고 다른 길을 가기 위해 오래 고민했던 신은 자신을 평생 행복하게 할 수 있는 일을 마침 찾은 터였다. 도예가.

"내가 왜 진작 이걸 하지 않았나 몰라. 이제 정말 내 길을 찾은 것 같아."

신이 만든 작품들이 너무 아름다웠기 때문에 난 이 말에 별로 놀라지 않았다.

"응, 너한테 딱 어울려. 정말 네가 잘할 수 있는 일이야."

며칠 뒤 우린 이천으로 향했다. 운전한 지는 정말 오래됐지만 집과 회사만 왔다 갔다 하는 출퇴근 길 외엔 차를 써먹지도 않았고 운전을 좋아하지도 않았기 때문에 이 초행길이 적잖이 긴장됐다. 게다가 나는 내비게이션과 친하지 않다. 뭘 어떻게 가라는지 도무지 알아먹을 수가 없어. 300미터 남았다는데 그게 대체 뭐냐고…. 진땀 나는(실제로 손에 땀이 흥건) 고속도로에서 벗어나 구불구불 시골길을 지나 작가의 작업실에 도착했다. 자신이 지은 집, 작업실, 자기가 가꾼 텃밭에 직접 심은 소나무들까지, 그의 아름다운 작품들 말고도 뭐 하나 눈에서 거둘 게 없었다.

"거북이야? 아니, 운전한 지 그렇게 오래됐는데 왜 이래."

생각보다 맛없던 막국수를 먹고 서울로 돌아오는 길에 신이 막 낄낄댔다.

"야, 내가 젤 싫어하는 게 운전이야. 너 때문에 무려 고속도로라는 걸 탄 거라고." 나도 낄낄 맞받아쳤다. "근데 오늘 너무 좋았어. 같이 가자고 해줘서 고마워. 우리 저녁 때 어디서 술 마시지?"

그때 하늘이 눈에 들어왔다.

"노을 좀 봐! 와, 장난 없다."

난 운전의 긴장을 늦추고 그날따라 유난히 더 아름다운 노을을 흘끗거렸다.

"야! 사진 찍어, 사진!!"

"아, 뭘 또 찍으래."

신이 못 이기는 척하면서 휴대전화 카메라를 열었다.

나는 가끔 노을이 질 무렵 신의 집에 가곤 했다. 붉은 노을 뒤로 전철이 맨해튼에서 윌리엄스버그 다리를 건너오는 그 말도 안 되는 풍경을 신의 집 창문이 담아내기 때문이었다. 이따금 우리는 소파에 거꾸로 앉아 술을 마시면서 세상에 둘도 없는 '노을 극장'을 즐겼다. 신은 더 이상 그 집에 살지 않고 나도 그 노을 극장을 더는 볼 수 없다.

전화기가 울렸다. 스피커폰을 켰다.

"너 어디냐?"

아버지였다.

"운전 중이에요. 이천 갔다가 서울 올라가는 길인데?"

"엄마가 의식이 없다. 몸이 너무 차."

행선지를 바꿔 정신없이 차를 몰아 신을 우리 집 앞에 내려주고 택시 타고 가라 하고, 집에 들어가 119를 부르고, 구급대원이 들이닥쳐 엄마를 침대에서 마룻바닥으로 내리고, 주사를 찌르고, CPR을 하고, "계속 더 할까요?" 답할 수 없는 질문을 듣고, 사방에 엄마의 피가 튀고, 엄마를 병원으로 옮기고, 응급실에서 같은 절차를 반복하고.

사실 집에 도착해 엄마를 본 순간, 엄마가 돌아가셨음을 직감했다. 몸이 너무 찼다. 코에서도 가슴에서도 손목에서도, 어디에서도 숨이 느껴지지 않았다.

"CPR 할까요? 하게 되면 갈비뼈가 부러지고 피가 튈 수 있습니다. 그래도 할까요? 허락해주셔야 할 수 있습니다."

구급대원의 이 말이 너무 부질없다는 것을 알았지만 그냥 하라고 했다. 뭐라도 하고 싶어 하는 아버지를 위하여.

의사의 사망 선고, 경찰 조사, 상조사와 통화, 장례식장 준비, 그날 밤 해야 할 일들을 하고 나서 아버지를 모시고 집으로 갔다. 아버지가 씻으러 들어가신 것을 확인하고 청소를 시작했다. 응급 상황이라 구둣발로 마루에 들어온 구급대원의 발자국을 걸레로 닦고 주삿바늘 등의 쓰레기를 치우고 핏자국을 지웠다. 더 이상 치울 게 없었지만 그래도 몇 번이고 닦고 또 닦았다.

씻고 방에 들어가니 새벽 3시였다. 이제 뭘 해야 하나. 한참 멍하니 침대에 앉아 있었다.

"뭐 해?"

동군에게 전화를 걸었다.

"어, 나 빵이랑 놀이터에 왔어. 아니 이 시간에 웬일이야, 거기 새벽 아냐? 안 자고 뭐 해?"

동군의 말에 나는 울음을 터뜨렸다. 아주 오래 울었다.

후에 많은 사람이 이날의 노을 사진을 SNS에 올렸다는 것을 알았다. 선우는 '이날의 노을이 비정상적으로 아름다워서 기억에 남았다'고 나중에 내게 말해주었다. 신에게 아름다운 그날의 사진을 받았다. 엄마가 떠나면서 마지막으로 내게 준 하늘.

동네 아이

동군이 어느 날 코팅한 종이를 내밀었다.

"뿜이 보호자 증명서 같은 거야. 혹시 모르니까."

뿜이가 세 살이 되어 드디어 유치원(데이케어)에 가게 됐다. 2년의 고된 육아 끝에 그들에게 약간의 자유가 생겼고 홀리가 아침 출근길에 뿜이를 데려다주고 동군이 집에 데려오는 일상이 시작됐는데, 혹시 둘 다 그 역할을 하지 못할 사정이 생겼을 때 내가 유치원에 가서 "뿜이를 데리러 왔소! 내가 뿜이의 보호자요!"를 외칠 수 있는 자격이 주어진 것이다.

초등학생도 위조할 수 있을 조악한 컬러 프린트 자격증에도 나는 감격했다. 그리고 드디어 그날이 왔다. 혼자 뿜이를 데리러 가는 날. 동군을 따라 몇 번 간 적이 있는데도 혹시 실수하지나 않을까 진땀이 났다. 픽업 시간을 메모장에 적고 사인하고 아이의 물건을 챙기고 뿜이의 오늘 학교생활이 어땠는지 물어보고 또 뭘 해야 하지? 복잡한 머리로 교실에 갔는데 아무도 없었다. 헉.

"저기…, 뿜이를 찾고 있는데?"

보육교사인 듯 보이는 사람에게 물었다.

"아, 지금 애들 다 놀이터에 있어."

혹시나 의심받을 수도 있으니 그 종이를 손에 쥐고 '나는 뿜이의 이모고, 오늘 뿜이 아빠 대신 데리러 왔다'란 말을 준비했다. 하지만 말할 기회를 잃었다. 뿜이가 나를 보자마자 "이모!" 부르며 달려와 안겼기 때문이다. 그러고는 담임 교사에게 말했다.

"미스 카일리! 디스 이즈 이모. 디스 이즈 마이 걸프렌드!"

내 이름은 이모, 뿜이의 여자-사람-친구다.

"오우, 쉬즈 유어 걸~프렌드!"

교사가 날 쳐다보며 웃었다. 하핫, 나도 민망해하며 따라 웃었다. 뿜이는 친구들 하나하나 다 붙들고 "디스! 이즈! 마이! 걸프렌드!" 소개하느라 바빴다. 내게 몰려든 아이들은 자기 얘기를 하느라 바빴다. 나는 세 살이야! 넌 몇 살이니? 이름은 뭐니? 물론 그들은 묻기만 하고 정작 "응 나는 수라고 해, 나이는…"이라는 대답은 듣지 않았다. 나 오늘은 파스타 먹었어! 난 젤리 먹었어! 너 블록 할 줄 알아? 어, 그래….

데이케어에서 집에 오는 길엔 뿜이가 좋아하는 아주 오래된 이탈리안 카페 겸 제과점이 있다.

"초콜릿케이크 먹을까?"

둘이 비밀스러운 눈빛을 주고받았다. 엄마, 아빠한텐 말하지 말자! 이 달고 투박한 케이크를 먹고 나면 아이에게 슈가 러시가 와서 어른들이 그날 밤 꽤 힘들어질 게 뻔하다. 뭐, 그래도 어른이 셋이니까 어떻게 되겠지. 생전 마시지 않던 카푸치노를 기꺼이 시켜놓고 뿜이와 큰 덩어리의 초콜릿케이크를 나눠 먹었다.

"한 아이를 키우려면 온 마을이 필요하다"라는 아프리카 속담을 좋아한다. 나는 보다 많은 사람이 이 말을 좋아했으면 한다. 이 말의 진정한 의미를 이해하고 자기 삶에 반영하는 사람이 많을수록 건강한 사회라고 생각하기 때문이다.

아이를 낳지 않겠다는 결심은 완경이 되어 임신이 불가능해질 때까지 '결심'이라는 말을 무색하게 할 정도로 무거운 고민거리였다. 오히려 주변의 걱정이나 오해는 걸리적거리지 않았다. 이것이 과연 옳은 결정인가에 대해 자신에게 끊임없이 물어야 했다. 인생의 선택지라는 게 한 가지 답만 있는 게 아니고 또 정답은 없다고 믿어왔지만, 나 또한 세상이 만들어놓은 틀에서 벗어나기가 쉽지는 않았던 것이다.

왜 그런 결심을 하게 됐느냐고 묻는다면 한마디로 답할 수는 없다. 다른 수십 가지 이유보다, 육아가 엄마나 가족의 희생만을 담보로 하고 특히 여자에게 무거운 책임과 죄책감을 지우려 하는 이 땅에서는 아이를 낳아 키우고 싶지 않았다. 이기심이 모성애를 넘어섰을 수도 있다(물론 '모성애'라는 말로 많은 짐을 지우는 것 자체는 혐오한다). 아이를 간절히 원하는 사람에게 이런 생각이 얼마나 재수 없고 잔인한 것인지 안다. 하지만 이런 게 죄책감이 되지 않는 사회가 더 건강한 것이라고 믿는다. 어떤 결정을 하든, 그것이 자신의 '선택'으로 존중받는 세상에서 살고 싶다.

그래서 그 모든 것에서 자유로운 뉴욕으로 도망쳤다!는 아니고…, 뉴욕에 오니 일단 아이에 대해 묻는 사람이 없어 좋았다. 이 문제가 지극히 사적인 부분이라서이기도 하지만, 일단 그렇게까지 남한테 관심들이 없어! 자기 문제로도 차고 넘쳐 먹고살기도 바빠 죽겠는데 무슨.

뉴욕에 와서 만난 친구들 중 처음 접한 커플이 동군과 홀리였다. 한국에서 미대를 졸업하고 함께 미국으로 유학 온 이 친구들은 당시 결혼 7년 차 정도였는데 여러모로 흥미로운 커플이었다. 일단 사람을 좋아했다. 뉴욕 출장 온 유경의 소개로 처음 만난 날 바로 그 집에 가서 놀았으니까. 그리고 남자와 여자의 역할에 대한 구태의연한 생각에서 한참 벗어나 있었다. 동군이 공부할 땐 홀리가 돈을 벌고, 미국에서 안정된 신분을 얻기 위해 동군이 돈을 버는 동안엔 홀리가 공부를 하고, 각자가 맡은 집안일이 따로 있고, 그런 일로 서로를 압박하지 않고, 한마디로 함께 살아가기에 적절하게 균형을 잘 맞추고 있었다.

같은 동네에 산 덕에 이런저런 일로 그들을 만날 때마다 각자의 사람들을 공유하며 새로운 이야기를 만들었고, 그렇게 가까워지면서 서로에게 좀 더 깊숙이 들어갔다. 그러던 어느 날 홀리의 임신 소식이 들려왔다. 그제야 그들이 얼마나 간절히 아이를 원했는지, 그래서 얼마나 힘든 시간들을 보냈는지 알게 됐다. 그랬구나. 그렇다면!

그렇다면 뭐? 그저 내가 할 수 있는 한도 내에서 최선을 다하면 된다. 내가 그들을 좋아하는 만큼의 애정을 아이에게 나눠주고, 그들에게 해줄 수 있는 만큼의 일을 아이에게 해주면 되는 것이다. 적절한 거리를 지키면서.

그런데…, 그게 잘 되지 않았다. 뿜이는 뭔가 달랐다. 일정 거리가 지켜지지 않는 거다. 뿜이를 만나고 집에 돌아오면 그날

찍은 사진을 멍하니 보고 있는 내가 있었다. 그 아이의 오늘이 신기하고 내일 보여줄 새로운 행동이 궁금했다. 뭐야 이게…! 더 놀라운 건, 이 아이가 정말 온 마음을 다해 나에게 애정을 퍼붓는다는 것이다. 누가 나를 이렇게 무조건 믿고 사랑해주겠는가. 나에게 100퍼센트의 사랑을 주는 아이.

"뿜아, 우리는 친구야. 최고의 친구, 베스트 프렌드."

엄마, 아빠가 아닌 다른 존재를 '이모'라는 대충 얼버무린 이름으로 인지하게 하고 싶지 않았다. 뿜이에게 '친구'라는 개념이 없던 몇 개월 때부터 나는 계속 친구란 말을 썼다. 이모에게 뿜이는 가장 좋은 친구야. 이모도 뿜이의 가장 친한 친구가 되고 싶어. 아직 옹알이 수준의 언어 구사력을 가진 아이를 앞에 놓고 난 나지막이 웅얼거렸다. 이 세뇌 덕에 아마 나는 어느 순간 데이케어 교사에게 뿜이의 '걸프렌드'가 됐을 테지만.

진짜 친구가 되기까지 뿜이의 '처음'을 공유하는 것은 정말 놀라운 일이었다. 뿜이가 첫걸음마를 뗀 날 같은 성장기의 처음은 물론이고, 처음 귤을 먹은 날, 처음 '이모'라고 부른 날(정확히 말하면 '니모'), 전철을 탄 날, 설탕 도넛을 먹은 날, 엄마·아빠와 떨어져 처음 나하고 둘이서 잔 날, 본 조비의 〈잇츠 마이 라이프It's My Life〉를 듣고 '우워우워' 부분만 열창한 날, 데이케어 첫 등원 날, 처음으로 바다를 본 날, 얼굴도 보지 못한 동생을 잃은 날, 그리고 오래 기다리던 동생 빰이와 마주한 날.

한국에 다니러 갔을 때 말고, 우리가 한동네에서 그렇게 오래도록 만나지 못한 것은 팬데믹 때가 처음이었다. 도시는 셧다운되고, 알 수 없는 정체에 대한 공포로 각자 집에 처박혀 페이스타임이나 하는 게 고작이었다. 먹을 건 있어? 알코올(술 말고 소독용)은? 타이레놀은 ○○○에서 주문할 수 있대! 새로운 식료품 주문 사이트가 생겼어!

불안한 마음으로 불확실한 정보를 온종일 주고받으며 버티던 어느 날, 동군에게 전화가 왔다.

"아우, 도저히 안 되겠다. 짐 싸놔. 차로 데리러 갈게."

나는 갈아입을 옷 몇 벌과 집에 남아 있던 술, 그리고 베갯잇을 챙겼다. 베고 자기 위해서가 아니라 마스크를 만들기 위해서였다.

"언니, 내가 유튜브로 마스크 만드는 법을 알아냈어!"

굴지의 패션 회사에 다니는 홀리가 마스크 디자이너로 변신할 때였다. 홀리가 재봉틀을 꺼내 내 베갯잇으로 겉감을, 빰이가 침 닦는 거즈 손수건으로 안감을, 운동화 줄로 고리를 만들어 마스크를 완성했다. 평생 한 번도 몸에 맞는 편한 브래지어를 차본 적이 없었던 나는 이 마스크가 너무나 완벽하고 편안하게 얼굴에 착 붙는 것에 감탄해 브래지어 제작을 부탁하고 싶을 지경이었다.

"역시 디자이너!"

뿜이의 침대를 나눠 쓰고, 같이 밥 먹고, 코로나를 걱정하고, 그 와중에 술 마시며 웃고 떠들며 잊고, 며칠을 그렇게 지내고서 나는 다시 집으로 돌아왔다. 나의 생일 파티를 막 끝낸 날이었다.

그리고 우리의 두 번째 긴 이별이 찾아왔다. 엄마가 쓰러지시고 혼수상태에 빠진 엄마에게 전화로 울면서 아무 얘기나 지껄이다가 난 한국으로 가기로 결심했다. 출발일 아침, 정신없이 짐을 싸서 한국으로 부치고 트렁크 두 개만 덜렁 있는 빈방에 뿜이네가 왔다.

"이제 언니의 주말 파괴는 못 하겠네."

홀리가 말했다.

홀리는 평소 자신들을 '언니(나)의 주말 파괴자'라고 불렀다. 보통 내가 술병을 양팔에 끼고 그 집에 가지만 가끔 날씨 좋은 주말에 그들 가족이 우리 집 앞 공원서 산책을 하다가 우리 집으로 오기도 했다. 복도에 시끌벅적한 뿜이 목소리가 들리면 나는 문을 열고 얼굴을 내밀고서 기다린다.

"이모!" 뿜이가 집으로 들어오며 말한다. "이모, 뿜이 엄청 배고파!"

민망해하는 홀리를 보고 낄낄거리며 나는 부지런히 냉장고와 냉동고를 뒤져 찐빵을 데우고 과일을 깎는다.

"배불러! 이모, 나 응가!"

홀리가 당황해 외친다.

"언니, 미안해! 우리가 언니의 주말을 또 파괴했어!"

나는 배를 잡고 웃는다. 아냐, 이게 내가 바라던 주말이야.

그리고 그 두 번째 긴 이별의 날, 서로 무슨 말을 어떻게 먼저 꺼내야 할지 찾고 있는데 뿜이가 소리쳤다.

"이모! 배고파!"

우린 동시에 웃음을 터뜨렸다.

"악! 언니 미안해!! 애들 아침 먹었는데 왜 이래…. 우리가 결국 마지막까지!"

마침 아침에 먹으려다 입맛 없어 관둔 즉석 미역국과 즉석밥, 김 한 봉지가 남아 있었다.

"아냐. 밥이 있어 다행이네."

내가 웃으며 말했다. 아이들이 밥을 다 먹은 뒤 나는 뿜이, 뺌이와 물탱크가 보이는 창가에 걸터앉아 텅 빈 브루클린 집의 마지막 사진을 찍었다.

안녕, 내 소중하고 소중한 브루클린 가족.

어릴 적 더러운 아이였다. 머리 감는 것을 정말 싫어했고 이 닦
는 것은 특히 더 싫어했다. 그래서 초등학교도 들어가기 전에
동네 치과 최우수 환자가 된 데다가 '땜질'이 입 안 가득했던
내게 엄마가 자주 말했다.

"내가 아주 유언장에 써버릴 거야. '현수야, 제발 이 닦고 자
라'라고!"

반은 농담인 엄마의 유언은 내가 크면서 자주 바뀌었다. 그
중 하나는 '현수야, 술 좀 작작 마셔라'였다. 그런데 술 마시는
책을 쓰고 앉아 있다, 내가….

또 다른 엄마 유언 농담은 '보증 서지 마라'였다. 고3 때 집
이 어려워진 건 아버지가 친구 보증을 서줬기 때문이라, 우리

집에서 보증이란 조상신이 어벤져스가 되어 총출동해 말려야 할 무엇이었다. 무서운 일(빨간 딱지)이 닥치기 직전 엄마는 TV도 전축도 우리 집에서 그나마 값나가는 그 무엇도 건드리지 않고 나의 피아노부터 할머니 집으로 옮겼다(그 피아노는 조카가 물려받아서 지금도 잘 치고 있다). 미미하게나마 엄마가 미리 대처할 수 있었던 것은 가족만큼은 지키고자 한 아빠의 노력 덕분이었다.

정작 내가 보증 때문에 주저앉고 나서는 엄마 입에서 이 유언 농담이 쑥 들어갔다. 대신 엄마는 불같이 화를 냈다.

"너는 어떻게 된 애가 그런 일을 겪었으면서도 똑같은 일을 당하니!"

낯선 사람들로부터 시달리는 나날이 끝나지 않을 것처럼 너무 오래 지속됐다. 내가 빚진 것도 아닌데 왜 나의 잘못이 되어가고 있는 걸까. 대체 나는 무슨 짓을 했기에 이렇게 구렁텅이에 처박힌 걸까. 사람을 너무 좋아하고 믿었던 게 잘못일까? 매일 나를 책망했다.

하지만 보증으로 내가 감당하기 어려운 큰 빚을 진 것보다 더 괴로운 건 내가 20여 년 동안 제일 믿었던 사람이 내 굳건한 믿음을 저버렸다는 것이었다. 매일 스스로를 다그치던 나는 결국 가족을 잃었다.

나쁜 일은 떼 지어 몰려다니는 법이다. 그 일이 있고 나서, 오래도록 영혼의 짝이라고 생각했던 가장 친한 친구가 나를 등졌다. 그 친구가 나를 원망하고 미워해서라기보다 자신이 지켜야 할 것들 때문에 그런 선택을 했으리라고 믿는다. 친구도 나처럼 한 번쯤은 나를 궁금해하거나 보고 싶어 했으면 좋겠다.

그리고 제일 소중한 동료가 세상을 떠났다. 내가 뉴욕행 비행기를 타러 공항으로 가는 길에 그에게 전화가 왔다.

"선배, 절대 돌아오지 마. 다 버리기 전엔 오지 마."

내가 그를 다시 본 것은 그의 장례식장에서였다.

이런 얘기를 책에 쓸 생각은 애초에 추호도 없었다. 이 구질구질하고, 내 친구들조차 잘 모르며, 정말이지 다시 떠올리고 싶지도 않은 이야기를 일부나마 어렵게 끄집어내는 이유는 이런 내 고통의 시간을 달래준 사람들에게 빛을 더하고 싶기 때문이다. 이 책에 이상한 이름으로 등장하는 이들 말이다. 이것은 나의 이야기인 척하지만 사실 그들이 주인공인 책이다. 그들 덕분에 나는 일어섰고 다른 사람이 될 수 있었다. 별로 착하지 않은 내가 태어나 처음으로 좋은 사람이 되기 위해 안간힘을 쓰는 것은 조금이라도 친구들에게 보답하고 싶어서다. 그 고마움을 책에 다 표현하지 못한 건 내 능력 부족이다. 쑥스럽고 미안해 오늘도 괜히 술을 핑계 삼는다.

이 책을 쓰는 동안에도 많은 일이 있었다. 모두가 여전히 지긋지긋하게 겪고 있는 코로나 사태야 그렇다 치고, 자다가 벌떡 일어나거나 우울해 땅을 파거나 미친 듯이 청소를 하다가 손 마디마디가 끊어질 것처럼 아파서 소리 지르게 하는 완경과 갱년기도 한몫한다. 그리고 엄마가 돌아가셨다. 그해는 정말 이상해서 주변 사람들 장례식을 여러 번 가게 됐고 그러다가 나도 큰 슬픔을 겪었다. 코로나 4기 때여서 아무에게도 연락하지 못했는데 내게 소중한 사람들이 조심스레 와주고 날 위로해줬다. 지금도 친구들은 내가 아직 엄마 때문에 헤매는 걸 이해하고 보듬어준다. '천천히 이별해도 된다'는 선우의 말대로, 나는 아주 조금씩 엄마와 멀어지고 있다.

지난 고통의 자리를 새로운 고통이 차지하는 건 슬픈 일이지만, 사람에게 받은 상처가 새로운 사람으로 인해 치유되는 것은 다행스러운 일이다. 그러고 보면 인생 뭐 있나 싶다.

첼시에서 몬이의 생일 파티를 마치고 모두 22번가를 걸어 견가 집으로 2차 하러 가는 길이었다. 갑자기 빅터가 말했다.

"아니, 우리 '뉴욕 아리랑' 시트콤이라도 찍어야 하는 거 아냐? 한국인 커플, 아이, 외국인-한국인 커플, 스트레이트, 게이,

레즈비언, 이혼녀…. 너무 다양하잖아!"

동군이 뉴욕 교통국에서 의뢰받아 그린 뉴욕 전철 일러스트에는 이런 우리 모두가 행복한 얼굴을 하고서 등장한다. 이제 길이 달라진 우리는 각자 흩어져 맡은 일을 하느라 바빠 예전처럼 뭉칠 수는 없다.

얼마 전 뿜이네가 4년 만에 한국을 찾아 다 같이 모인 적이 있다. 우린 마치 어제도 만났다는 듯 예전처럼 웃고 떠들고 마시고 다시 헤어졌다. 그날 우리 만남이 담긴 몬이의 사진에는 'NEWYORKFAMILY'라는 해시태그가 붙어 있다. 뉴욕 가족. 어떤 제도적 장치만이 가족을 만들어주는 것은 아니다. 우리에겐 '또 하나의 가족'이 존재한다, 삶을 지탱하게 해주는.

나와 '마시는 사이', 이 책에 등장하는 사랑하는 내 가족에게 깊은 고마움을 전한다.

(혹시 읽다가 헷갈릴 독자를 위해 덧붙이는)
등장인물(가나다 순)

견가) 헛소리, 머저리 탐험대 동지. 친구였다가 우연히 '엄마와 딸' 사이가 됐다. 내가 술이 세졌다면 아마 견가 덕분일 텐데, 아무리 해도 이길 수는 없다….

녕) 고마운 사람. 브랜딩 회사 대표. 온라인 마케팅에 대해 조금이나마 아는 척할 수 있게 된 건 녕 덕분이다. 내게 '수즈굿' 이라는 팝업숍을 하게 부추겨 소중한 시간을 안겨줬다.

라미리) 뉴욕 친구들 모두가 기특해하는 쌍둥이 딸을 훌륭하게 키워낸 둥이맘을 넘어, 여러 친구에게도 대모 같은 존재. 이렇게 남을 알뜰살뜰 챙기기도 어려울 듯. 같은 둥이맘 신지를 비롯해 인영, 민수, 유미, 베비리 등이 이 패밀리라 할 수 있다.

레아) 나의 가장 오랜 친구. 초등학교, 고등학교 동창인데 한 번도 같은 반이 된 적은 없으나 이상하게 너무 친하다. LA 패션스쿨 오티스에서 패션 일러스트를 가르치고 있다.

마일로) 내 인생의 '말로'에 만난 웬수이자 베프. 우리 싸움에 질려 나가떨어진 사람이 많지만 알고 보면 사이가 지나치게 좋습니다…. 울면서 과제를 함께한 인연이 10년을 넘기고 있다. 인테리어 디자인을 전공하고 딴 일 하더니 다시 제자리로 돌아온 내 든든한 지원군.

몬) 내가 갤러리에 가는 걸 이렇게 좋아하게 된 건 아마 몬이와 함께한 시간 때문이 아닐까? 좋아하는 사진을 결국 업으로 하면서 'Aufglet'이라는 핫플도 운영하고 있다. 힘든 시간을 둘 다 잘 이겨냈고, 그래서 서로를 좀 애틋해한다.

빅터) 같은 수업 시간에 만났지만 서로 아는 척하지 않다가 몬이와의 약속 장소에 나타나 서로 깜놀("아니, 누나 OOO 수업 듣지 않아요?" "어머머, 몬이랑 아는 사이예요?"). 여성복 디자이너면 좋을 텐데, 너는 왜 때문에 남성복 디자이너….

뿜뺌뺌

-동군) 뿜뺌빠. 〈뉴욕타임스〉〈시카고트리뷴〉 등 어마어마한 매체에 일러스트를 그리면서 뿜뺌이가 생긴 후로 낮 육아까지 담당하고 있다. 시나몬을 싫어한다면서 차이라테를 좋아하는 개성 넘치는 파워 대디.

-뺌이) 뿜이 동생 뺌이는 언제나 이쁨뺌. 얼마 전 한국에 있다가 뉴욕에 돌아간 다음 날, 눈뜨자마자 "이모가 보고 싶어"라고 했다고 한다(이모 주먹 울음).

-뺌이) 베이비샤워 때부터 주욱 최고의 친구. 첫 걸음, 첫 귤, 첫 산타 할아버지와의 조우(울음바다), 첫 바다, 첫 뮤지엄, 첫 꽃놀이, 첫 학교, 많은 '처음'을 함께했다. 우리 사이에는 뭐라 표현할 수 없는 '특별함'이 있다고 믿는다. 이 책을 쓰게 된 계기이기도 하다.

-홀리) 뿜뺌마. 누구나 아는 미국 최고의 의류 회사에 10년 넘게 근무 중인 능력자이면서 요리왕. 내가 홀리에게 얻어먹은 밥을 생각하면 앞으로 10년은 밥을 사야 할 판이다.

신) 재주가 너무 많아서 뭘 먼저 꺼내야 할지 모르겠다. 미술 전공자에서 패션 디자이너가 됐다가, 지금은 진짜 멋진 작품들을 빚어내는 도예가다. 아름답고 슬픈 노을을 여러 번 함께했다.

신호) NYU 시나리오과 교수. 그 유명한 〈추격자〉 등의 영화 시나리오를 썼다. 같은 영화 일을 했기에 둘이 영화 얘기를 제일 많이 할 것 같지만 "아악! 여행 가고 싶어!" 같은 절규를 더 나눈다.

실비아 1) 한때 미아와 함께 쌍둥이 모델이었다가 결혼 후 니팅knitting 디자이너가 됐다. 인영의 소개로 나의 뜨개질 선생이 되어줬

는데, 제자가 영 시원치 않아 목도리 하나도 여태 완성하지
못하고 있다.

실비아 2) NYU 선생. 늦은 나이에 마라톤에 도전해 완주해낸 철의
여인.

여자 둘

-김하나) 황선우의 동거인. 『힘 빼기의 기술』『말하기를 말하기』『빅
토리 노트』그리고『여자 둘이 살고 있습니다』의 베스트셀러
작가. 알고 보니 과 후배. 코로나 직전 뉴욕에 와서 함께 죽기
직전까지 술을 마셨다.

-황선우) 김하나의 동거인. 『멋있으면 다 언니』『사랑한다고 말할 용
기』그리고『여자 둘이 살고 있습니다』의 베스트셀러 작가.
작가가 되기 전, 잡지 에디터 후배로 알게 됐다. 나에게 줄 먹
을거리 한 보따리 싸 들고 뉴욕에 여러 번 출장 온 바 있는 큰
손의 소유자.

윤지코) 〈트래블러〉매거진 취재 때 에디터와 포토그래퍼 사이로 만
났는데 알고 보니 인영, 신, 홀리, 모두와 아는 사이였다….
"나 술 마시고 싶어"라고 하면 언제든 "예쓰 베이베, 언니가
마시고 싶다면" 하고 달려와 준다.

유경) 뿜이가 태어나기도 전, 동군과 홀리를 내게 엮어준 고마운

후배. 무서운 패션 디렉터에서 지금은 IT 사업가로 변신했다.

쭌) 디테일이 장난 아닌 만화가로 SVA에서 만화를 가르치고 있다. 여체를 이렇게 아름답게 그리는 사람은 첨 봤다. 그런데 사실 쭌의 재능은 웃기는 데 있었으니…. 왜 명랑 만화를 그리지 않는 거니!

진영) 정말 오랜 인연. 나의 어린 〈프리미어〉 시절, 옆에 있던 〈엘르〉 기자 진영을 만났다. 그 후 화려한 잡지 에디터를 거쳐 이제 멋진 플로리스트가 됐다. 뉴욕에도 몇 번 왔는데 한번은 내 친구들을 다 부르라더니 '물가에 내놓은 듯 위태위태한 선배(나)를 챙겨줘서 고맙다'는 의미로 등뼈쩜을 해줬다.

철) 토론토에서는 만나지 못한 토론토 친구이자 내 컴퓨터 선생. 조동섭 선배를 통해 안 건 엄청 오래전인데, 정작 만난 건 한참 뒤 뉴욕에서다. 근데 마치 여러 번 만난 것 같았다지…?

클로봉) 뭘 해도 멋있는 클로봉. 아트에 관해 궁금한 건 모두 클로봉에게 물으면 된다. 마일로도 클로봉을 통해 만난 거나 다름없다. 가끔 와인 한잔하며 짧고 굵은 얘기를 하고 헤어진다. 페이스타임 때도 술을 빼놓을 순 없다.

마시는 사이

ⓒ 이현수

초판 1쇄 발행 2022년 9월 23일
초판 2쇄 발행 2022년 10월 21일

지은이 이현수
편집인 배윤영

디자인 송윤형
마케팅 정민호 이숙재 김도윤 한민아 정진아 이민경 정유선 김수인
브랜딩 함유지 함근아 김희숙 박민재 박진희 정승민
제작 강신은 김동욱 임현식

펴낸곳 (주)문학동네
펴낸이 김소영
출판등록 1993년 10월 22일 제 2003-000045호
임프린트 콜라주

주소 10881 경기도 파주시 회동길 210
문의전화 031) 955-2696(마케팅), 031) 955-1933(편집)
팩스 031) 955-8855
전자우편 collage@munhak.com

콜라주인스타그램 @collage.pub
문학동네카페 http://cafe.naver.com/mhdn
트위터 @munhakdongne
북클럽문학동네 http://bookclubmunhak.com

ISBN 978-89-546-5025-0 03810

www.munhak.com